# LÉO DALCAN

# La réunification

Claire Gilbert

# LÉO DALCAN

# La réunification

Romans

PGCOM Éditions

**Léo Dalcan, la réunification**
© PGCOM Editions 2016
Tous droits réservés
http://www.pgcomeditions.com/
ISBN : 978-2-917822-46-3

*A ma maman Noelle, partie trop tôt, en ce 6 décembre 2015, celle qui a toujours cru en moi, première de mes lectrices. Tu n'auras pas pu lire cette suite et mes autres livres à venir mais je sais que tu es là haut, mon ange gardien.*

## 1. Agitation à Paris

Les lumières de la ville se reflétaient dans la Seine, scintillant comme mille étoiles. Le ciel couvert n'en donnait aucune à voir et présager des pluies à venir. Izabel, alanguie dans les bras de Léo se laissait portée par cette douce mélodie de l'eau, un chuintement à peine audible pour les humains qui pour elle, rappelait le rythme lent de la nature endormie. De nuit, pas de béton, de tours, d'immeubles à n'en plus voir le ciel, sur les quais de Seine, elle pouvait sentir encore plonger ses yeux de biche dans les eaux noires du fleuve, entendre les moindres remous, deviner par leurs petits cris les ragondins de passage et les rats.

Ils venaient juste d'arriver et de se poser quelques instants devant ce beau spectacle luisant. Assis au sol l'un contre l'autre, enlacés, ils n'avaient pourtant pas l'esprit dans le même lieu. Izabel associait cette eau sombre aux rivières de son pays lointain. La nostalgie la tenait par la main et non pas, Léo aux prises avec ses maux.

Ils avaient tout pour être heureux maintenant, à un détail prêt et non des moindres. Ils avaient vaincu la maladie de Cruz en terres Aztèques mais n'échapperaient pas forcément au joug du roi Vladimir. C'est ce qui préoccupait Léo. Ils s'étaient permis une parenthèse enchantée de quelques jours lors de leur voyage en Europe mais ils venaient d'arriver à leur point de chute, Paris. Vélis le messager de Vladimir et maintenant ami de Léo et Izabel avait été clair. A Paris, Léo en saurait plus sur ces origines et sur ce qui le lie à Vladimir. Le roi des vampires ne l'avait pas choisi par hasard pour sa mission en Amazonie. Restait à connaître toute l'histoire. Tant de points demeuraient flous.

Léo, pourtant heureux avec Izabel, ne pouvait donc se détacher de cet avenir incertain. Rien n'était fini et un chapitre commençait maintenant, de retour dans son berceau de vampire.

Il avait vécu à Paris depuis sa transformation et c'était aussi sur ces mêmes quais que Vélis était venu le trouver pour lui confier la mission de Vladimir. Il jeta un caillou dans les eaux sales et polluées de la Seine qui sombra immédiatement au fond, formant des ronds sur la surface brillante.

Après quelques pas dans les ruelles désertes, Léo stoppa net. Ils étaient devant l'entrée de sa cave, devant son ancienne vie. Izabel le sonda d'un regard tendre. Léo se demandait s'il avait vraiment envie de revenir ici. N'avait-il pas fait une erreur en ramenant Izabel avec lui dans ce trou à rat ? D'un autre côté, Léo n'avait pas d'autre maison, pas d'autre pied-à-terre. Izabel serra fort sa main, ce qui lui donna l'élan ultime pour entrer.

Izabel le suivait dans ce tourbillon d'escalier qui menait vers les caves, mais elle n'avait d'yeux que pour Léo. Elle découvrait un peu de sa vie, un petit bout de lui et cela n'avait pas de prix. Ils croisèrent un groupe de vampires qui remontaient à la surface pour se nourrir. Chacun d'eux fixa avec insistance Léo, comme s'ils avaient vu un fantôme.

Quand ils furent arrivés, ils firent face à une grande pièce. Là, plusieurs vampires vaquaient à leurs occupations, certains étaient allongés sur des sofas en velours d'un autre temps, d'autres discutaient sur des banquettes de bistrot. Régnait une agitation inhabituelle. Certains parlaient fort, d'autres gesticulaient. Que se passait-il ? Léo passa en revue son ancien abri et ses habitants. Quelque chose ne collait pas, pourtant rien n'avait vraiment changé. Peut-être était-ce seulement ce bruit permanent ? D'ordinaire les vampires restaient solitaires et se regroupaient peu. Ils allaient et venaient pour se rendre à la surface nourricière.

Léo sentit la main d'Izabel se durcir. Sûrement était-elle pressée qu'ils se retrouvent enfin seuls.

- Tu vas voir on y est presque, rassura Léo en souriant à Izabel.

Izabel ressentait cette agitation comme une violente menace. Jamais elle n'avait été en présence d'autant d'étrangers. Même chez le roi Vladimir, elle n'avait perçu une telle concentration de vampires. Un interminable brouhaha les entourait semant encore plus le trouble pour Izabel. Elle était tant habituée aux silences envoûtants de la nature. Tous ces vampires semblaient être entassés ici comme des fourmis dans une fourmilière.

Ils s'engouffrèrent alors dans un long couloir échelonné de cellules. Pour Izabel, la comparaison avec une prison fut immédiate. Léo, lui, se rappela avec une certaine nostalgie de sa vie solitaire, plutôt monastique. Il allait retrouver les livres qu'il avait soigneusement emmagasinés, puits de savoirs, mais aussi son matériel scientifique.

Ils passèrent devant une dizaine de portes quand Léo, d'un geste de la tête, indiqua à Izabel la sienne. Une lourde porte en bois, érodée par le temps, sertie de fer forgé. Il la poussa impatient de faire découvrir à Izabel son univers.

En un grincement lugubre, ils furent dans la cellule en pierre, mais quelle ne fut pas la surprise de Léo. Un autre vampire, casquette vissée sur la tête, le visage émacié et le corps longiligne, se tenait droit devant eux, les yeux rouges écarquillés. Plus rien autour ne ressemblait à ce qu'avait connu Léo. Toutes ses affaires avaient disparu.

- Ouais bon, vous êtes qui vous ? bredouilla le squatteur, toujours immobile, impassible. Un autre vampire aurait sans doute montré les crocs.

Léo prit la parole sans détour.

- Tu fais quoi ici ? C'est chez moi.

L'autre vampire restait figé, comme cloué au sol.

- Je suis Minor. Et je suis aussi chez moi.

- Mais… commença Léo.

- Léo Dalcan je présume ! Pas la peine de m'en dire plus. Eh oui, j'ai pris ta place, lança-t-il dans un fou rire qui résonna dans tout le couloir.

Pas déstabilisé pour un sou, il s'avança vers Léo et Izabel en reniflant. Son allure n'avait rien de propre. Ses habits sentaient la pisse de rat. Ce devait être un de ses vampires qui traînait même dans les égouts sans en ressentir le moindre dégoût. Dire que cet insecte répandait son odeur dans toute la cellule de Léo et avait pu y toucher les moindres recoins de ses doigts hideux, surmontés d'ongles noirs de crasse.

Arrivé à seulement quelques centimètres de Léo, il le scruta sous toutes les coutures et s'attarda plus longuement sur Izabel. Peut-être la trouvait-elle irrésistible. C'était même sûr, Izabel irradiait par sa beauté.

- Tu croyais « p'tètre » qu'on allait attendre ton retour ! Qu'on te garderait tes affaires au chaud ? Y'a même pas de la place pour tous ici. On s'entasse. Je n'allais pas laisser cette occasion d'avoir mon trou à rat perso.

De plus prés, Léo pu voir dépasser dans le cou de Minor quelques longs rastas emmêlés. Il portait en fait une casquette sous laquelle ses cheveux étaient rassemblés du mieux qu'il pouvait. Ce vampire n'avait rien de raffiné comparé aux plus vieux vampires que Léo avait pu rencontrer lors de sa quête. Les vampires anciens avaient un charme électrique, une prestance, tandis que ce membre nonchalant ressemblait plus à un zombie clochard.

Le ton commençait à monter et Izabel se sentait de plus mal à l'aise. Quelque chose clochait. L'ambiance était vraiment électrique. Et ce n'était pas seulement dû à ce squatteur, c'était général. Le lieu respirait les tensions.

Les pieds bien ancrés dans le sol, Minor semblait impassible. Léo se reprit. Pourtant bien énervé de ne retrouver son « chez lui », il devait montrer bonne figure devant Izabel. Il réfléchit. Se posa quelques instants, le regard vers ce qui était l'étagère contenant ses livres maintenant aux prises avec poussière et moutons.

Alors, il prit la main d'Izabel et la serra fort.

- Minor, surtout reste ici, je vais aller chercher une autre cellule. Sois sûr que l'on ne tardera pas à m'en trouver une. Je suis bel et bien de retour. J'ai triomphé, accompli ma mission auprès de notre roi. Entre toi et moi, je sais qui aura gain de cause.

- Bien, fait comme tu veux... entend surtout ces bruits, ces murmures. Les vampires grondent contre le roi Vladimir. Si pour toi il est quelqu'un, pour nous autres, la plupart, il ne sera bientôt plus rien.

Léo interloqué lança un regard fiévreux à Izabel. Alors qu'il pensait revenir en vainqueur, qu'il pensait pouvoir couler des jours et des millénaires heureux avec Izabel, il était chassé de chez lui et il apprenait que la colère montait chez les vampires contre Vladimir. Vélis avait donc raison. Léo ne pouvait rester insensible à ce qui se tramait. Il avait, lui aussi, eu des pensées hostiles envers Vladimir quand tout paraissait perdu.

- C'est alors ce que je ressens ici, une agitation inhabituelle. J'ai rencontré Vladimir. Je sais sa cruauté. Je ne peux te cacher que j'ai moi-même douté de sa grandeur. J'ai lutté pour vivre et m'offrir un avenir ici avec Izabel ma compagne.

A ces mots, Izabel lui sourit. Pour la première fois, il la nommait par le lien qui les unissait. Ils étaient deux, l'un avec l'autre. Le doute ne pouvait plus exister sur leur relation.

- Nous sommes beaucoup à avoir pensé que tu allais être sacrifié Léo. Tu es là, et il doit bien y avoir une raison profonde à ton retour. Je ne te rendrais pas ton « chez toi ». Par contre, je vais aller à la chasse à la place. Malgré mon accueil insolent, je t'estime. Restez là. Je reviens dans quelques minutes avec une place bien dégagée pour vous deux. Un vrai petit nid douillet à aménager ! Termina Minor d'un clin d'oeil vers Izabel.

Puis il fila à toute vitesse au-dehors.

Léo serra Izabel entre ses bras pour la rassurer.

- Je lui fais confiance Izabel, plus que quelques minutes et nous serons chez nous.

Izabel regarda le détail de la pièce. Exiguë, sombre, une vraie cage à rat. Izabel se demandait si elle pouvait vraiment vivre ainsi. Léo la serra plus fort. Elle eut envie plus que tout de l'embrasser. Comment pouvait-elle faire autrement ? Elle l'aimait, lui aussi. Le destin les avait réunis. Il fallait qu'elle se laisse du temps et ils en avaient à l'infini.

## 2. Dure adaptation

Minor n'avait pas eu des paroles en l'air. Il arriva seulement quelques minutes plus tard, une clef de chambre à la main.

- Tiens Léo Dalcan. Fais-en bon usage !
- Merci, répondit Léo, le sourire aux lèvres.
- De rien, c'est normal. Dixième couloir première porte à droite.

Alors que Léo tirait Izabel par la main et s'apprêtait à rejoindre leur nouveau foyer, Minor rajouta d'un ton très léger, peut- être trop même.

- Pour les affaires sur place, vous pouvez les jeter où les brûler même ! Elles rejoindront les cendres de leur propriétaire !

Minor explosa de rire. Ici la vie n'avait que peu d'importance. Les vampires étaient de plus en plus nombreux avec tous les inconvénients que cela représentait. Léo aurait bien dû se douter que Minor ferait de la place sans scrupules en tuant un autre vampire. Pourtant, cela n'était pas devenu une évidence pour Léo. Il gardait sa conscience pour lui et dans son esprit toute entité avait de la valeur, le droit de vivre et cohabiter sur ce monde. Peut-être était-ce cette passion pour les sciences qui l'avait conduit à considérer toute chose, même les plus infimes sur cette Terre ?

Izabel et Léo laissèrent Minor à sa cage volée et ils allèrent découvrir la leur. Un vampire en remplaçait un autre. Ils ne trouvèrent qu'une cellule peu aménagée. Le tas de cendre à l'entrée ramenait évidemment aux derniers instants du précédent locataire. Au vu des griffures d'ongles sur les murs, ce devait être un jeune vampire fougueux comme on les rencontre parfois. Ceux qui font encore quelques crises aiguës.

Léo se rappelait de ses moments de sa jeune vie de vampire où plus rien n'existait à part la soif. Il en venait à s'écorcher sur les murs, se taper contre le sol froid. Rien ne le retenait d'aller encore tuer au-dehors, massacrer de pâles victimes, prises au hasard des rues.

Izabel frémit. Pour l'instant, elle ne se voyait pas s'occuper de la décoration. Léo prit l'initiative avant même qu'elle ne le demande, et en un éclair, il vida la pièce entièrement. Ils repartiraient sur de nouvelles bases.

- Tu veux qu'on parte à la recherche de quelques meubles ? demanda tout doucement Léo.

Izabel n'eut pas à garder longtemps sa réponse. De toute façon. Ils n'avaient pas le choix.

- On y va. Fais-moi découvrir Paris. Nous chercherons en même temps de quoi aménager.

Alors ils s'extirpèrent de ses caves agitées. Izabel put respirer de nouveau de l'air frais. Pendant des heures, ils partirent à l'assaut des rues et des commerces pour se chercher leur propre mobilier. Izabel n'était pas exigeante, habituée à vivre avec peu. Léo par contre se montrait plus attiré par certains achats. Non, il ne souhaitait pas reconstruire son mini labo. Ils allaient maintenant vivre à deux. Il devait faire des choix. Pourtant il pouvait se refaire une petite bibliothèque. Ils passèrent dans des petites librairies de Saint-Germain mais aussi à Montmartre. Léo avait ses habitudes. Izabel faisait connaissance des commerçants qui n'avaient jamais peur de Léo, bien au contraire, l'amenait dans les arrières boutiques pour lui montrer leur dernier livre d'exception, leur dernière merveille de savoir. Ces humains étaient des gens avant tout ouverts, friands de rencontres avec des personnes vraiment intéressées par leur domaine. Ils ne se posaient pas de questions sur Léo, sa pâleur, son allure bien particulière, comme un jeune homme tout droit venu des années 90.

Ce fut les meilleurs moments. Bientôt Izabel eut mal aux pieds à force de marcher sur le béton ou les pavés. Sa tête tournait. Les écrans de télé dans les vitrines, les téléphones portables et leurs ondes tout autour d'elle, le WIFI qui reliait les hommes. Une étrange migraine la prit. Mais elle ne voulait pas le dire à Léo, toujours aussi contant de lui faire découvrir son monde.

Puis la soif vint. Elle savait d'ordinaire la dompter. Or ici, comment l'assouvir. Il n'y avait ni fauves ni cervidés.

- Léo, je dois me nourrir. Tu n'as pas soif ?

Léo stoppa sa marche.

- Si, un peu. Je vais te montrer un coin sympa. La nuit tombe et ce sera le moment idéal pour… enfin…

- Merci Léo, s'excusa presque Izabel.

Alors ils coururent à toute vitesse. L'œil des humains ne pouvait les voir.

Ils se rendirent aux jardins du Luxembourg. Ils dépassèrent les touristes, les enfants en ballade sur des poneys, longèrent le bassin central puis s'arrêtèrent sous un marronnier. Ils prirent alors le temps d'observer. Des platanes, des tilleuls ou encore des arbres plus exotiques paulownias, savonniers, ginkgos se mêlaient aux gazons fleuris. Léo huma l'odeur des ruches tandis qu'Izabel sentait les différents parfums d'arbres fruitiers. Puis Izabel se posa, inclina la tête. Léo la scruta. Il reconnut son attitude. Assurée qu'il n'y avait personne autour, Izabel bondit d'arbre en arbre. En quelques secondes, elle avait sucé une pléiade de volatiles.

Elle revint. Léo passa alors sa main dans ses cheveux pour lui ôter quelques plumes. Devant la grille du jardin, un groupe attendait pour en faire la visite : enfants, parents, grands- parents. L'odeur du sang joua la mélodie du bonheur à Léo. Pourtant, il se contint. Il l'avait promis à Izabel.

Depuis tous ses jours passés loin de sa jungle, Izabel s'était contentée d'animaux errants. Jusqu'à présent cela n'avait pas posé de problèmes mais ses forces diminuaient. Léo n'était pas complètement aveugle, il voyait lui aussi le changement d'Izabel. Sa peau était devenue plus blême. Ses cheveux avaient perdu de leur éclat. Ils pouvaient bien vivre sans se nourrir d'humains mais il fallait se rendre à l'évidence que ce n'était pas sans jouer sur leur corps et leurs forces. Chez Izabel, Léo avait découvert cette possibilité. Il l'avait prise au vol. Les fauves et autres animaux sauvages leur donnaient une vigueur incomparable. Mais ici, ce n'était pas les pauvres pigeons parisiens qui allaient leur suffire. Il fallait se rendre à l'évidence. Nier la réalité les mener à se voiler la face et à se mentir l'un

17

et l'autre. Izabel devenait irritable et ce qui devait arriver, arriva.

Le lendemain de leur aménagement au sein des caves, Izabel se trouva à bout de nerfs. Une sorte de crise d'hystérie la prit d'un seul coup, sans crier gare. Léo ne comprit rien sur le coup. Il s'était occupé tant de temps à emménager leur petit nid douillet. Les murs de leur chambre reprenaient les tons de vert et de marron de la jungle, agrémentée de plantes tropicales. Il essayait malgré tout de lui faire oublier l'enfermement. Il pensait leur bonheur possible.

Izabel rentra en claquant la porte.

- Que se passe-t-il ? demanda mielleux Léo.

Izabel tournait en rond comme un lion en cage.

- Je ne sais pas. J'ai l'impression de m'asphyxier ici.

Léo n'avait qu'une seule peur véritable. Qu'elle souhaite repartir chez elle et le quitte.

- Izabel, je sais ce qui ne va pas. Et toi aussi tu le sais. Ici la nourriture manque, du moins celle que tu connaissais chez toi. Je suis sûr que ton état vient de ta malnutrition. En quelques jours tu n'es plus la même. Je pourrai bien te proposer quelque chose, mais…

Izabel lui lança des éclairs de son regard de furie.

- Je sais… Je sais où tu veux en venir. Tu veux qu'on chasse comme tu le faisais avant de me connaître. Je reconnais que cela semble une des solutions. Léo je t'aime, je suis bien avec toi mais depuis quelques jours je ressens un manque, comme si quelque chose me rongeait.

- Ce n'est pas moi ?

- Non rassure toi, cela n'a rien à voir avec toi. Je veux rester ta compagne et cela ne changera jamais, mais mon corps me lâche. Je ne me sens plus autant…désirable. Je suis inutile ici. Je n'ai aucun rôle à jouer, aucun clan à accompagner.

- Mais nous sommes deux Izabel… Je ferais tout pour que tu sois heureuse avec moi. Et s'il le faut, je chasserais pour toi.

A ces mots Izabel, se serra contre Léo. Sa longue chevelure ondula dans l'action.

- Nous pouvons le faire… chuchota Léo, essayons… Nous n'avons rien à perdre…

18

Le soir même, dans une ruelle sombre les deux vampires se jetèrent sur un jeune clochard au look de skinhead. Il ne devait pas avoir plus de 16 ans. L'idéal pour reprendre des forces et s'abandonner à leur vraie nature. Izabel sortit les crocs la première et Léo se contenta des restes. Ils restèrent longtemps sur les toits à regarder la dépouille sur le sol crasseux. Le crâne rasé côtoyait le pavé, vidé de sa source de vie. Léo songea à ce qu'aurait pu être la vie de ce jeune homme, tout ce qu'il aurait pu réaliser sur terre en tant qu'humain, tant de choses qui ne lui étaient plus possibles ; avoir une famille, des amis, des enfants…

Izabel entendait toutes ses pensées. Elle culpabilisait elle-aussi. Pourtant, elle avait retrouvé sa flamboyance en un instant. Elle avait bondi plus vite que jamais pour atteindre ce bout de toit, et assister à ce piètre spectacle de mort. Léo la désirait plus que tout. Son corps en frémissait d'envie, partagé entre le dégoût de ce qu'ils venaient d'accomplir et la beauté d'Izabel retrouvée.

Izabel se rapprocha féline, elle poussa Léo et l'allongea. Elle posa son talon sur le menton de Léo avant de descendre bien en dessous de la ceinture. Elle avait une envie furieuse de la laper comme les sphinx lapent leurs proies. Sous l'emprise d'un désir fou, elle s'étala sur lui, alanguie. Il ne pouvait que la contempler, avec pour seul décor la lune. Elle était à lui et il n'arrivait pas encore à y croire. Izabel se frotta délicieusement contre Léo.

Soudain, plus habile et plus assuré que jamais Léo se releva, faisant presque vaciller sa compagne. Il l'embrassa d'un baiser fougueux, mais chaste. Izabel revint à la réalité, domptant ses instincts.

Enlacés, ils se jurèrent deux choses. Ils ne se quitteraient plus et ne toucheraient plus jamais aux humains.

## 3. La conspiration

Enfin Léo et Izabel avaient passé quelques instants au calme, seulement à se toucher, se parler. Ils avaient envie de mieux se connaître et surtout de s'aimer en toute liberté.

Izabel au creux du torse de Léo dans leur nouvelle résidence se sentait si bien. Peu importait où ils se trouvaient, elle voulait rester auprès de lui à jamais. Leurs deux corps s'étaient donnés dans une fusion parfaite l'illusion du bonheur ultime. Izabel se rhabilla doucement. Elle avait envie d'aller visiter le reste des caves. Léo semblait songeur.

- Léo, tu veux m'accompagner ? l'interrogea-t-elle en se relevant d'un saut tonique.

- Non, je préfère rester quelque temps ici pour aménager encore notre chambre.

Izabel lui sourit et s'engagea au-dehors.

C'est alors qu'un cri de rage parut dans le couloir. Léo se releva à toute vitesse tandis qu'il vit Izabel sur sa position de défense, tous crocs dehors.

- Tu n'as rien à faire ici étrangère ! Passe ton chemin ! cria un vampire.

Léo ne pouvait encore le voir. Arrivé à sa hauteur, il reconnut Tyrus, un ancien colocataire.

- Laisse-moi, cria Izabel !

- Va t'en, tu n'apportes que le malheur ! S'insurgea de plus en plus fort Tyrus.

Tyrus était un vampire médium. Il ressentait les choses. Les yeux révulsés, il prédisait souvent l'avenir des vampires de la cave. Il permettait aussi de prévoir certaines baisses de nourritures futures et l'éventuel exil des vampires. Une sorte de météo de l'avenir.

Avant même que Léo n'ait le temps de parler à Tyrus, des hordes de vampires accoururent bercées par une promesse de

21

bagarre à venir. Les caves n'étaient plus ce qu'elles avaient été et la tension était réellement palpable. Trop au goût de Léo. Il ne fallait pas se faire remarquer au risque que tous se mettent contre eux et ne les tuent. C'était la loi du plus fort ici, finalement pas si loin de la jungle. Il fallait se révéler fin stratège pour vivre en paix.

Léo se mit entre Tyrus et Izabel. Il n'avait pas peur. Sa mission l'avait changé, lui avait donné confiance en lui. Il ferait tout pour protéger Izabel.

Les autres vampires entonnèrent une litanie horrible : « A mort, à mort ! ». Comme un chœur d'outre-tombe.

Léo ne voyait pas d'autre issue que de se battre jusqu'à la mort. Ils ne feraient pas le poids avec Izabel contre tous. La horde de vampires tassée comme un troupeau de hyènes s'apprêtaient à leur tomber dessus. Aucune explication ne suffirait. Izabel donna la main à Léo, tremblante, jamais elle n'avait pu voir des vampires aussi bestiaux.

Léo compta dans sa tête… 1, 2, 3.

Soudain, le groupe de haineux se fissura en deux et l'un d'eux s'interposa.

- Assez ! Calmez-vous. Ce ne sera pas pour aujourd'hui la tuerie. Rentrez chez vous, allez vous nourrir et cessez de vous comporter comme des bêtes. Nous sommes de noble race et nous devons rester dignes. Vous ressemblez à des rats !

A ses mots les vampires se jaugèrent les uns les autres. Puis, progressivement la foule s'évapora, aussi vite qu'elle était venue.

Ce vampire semblait respecté de tous. Comment Léo ne le connaissait-il pas ? Il portait une cape rouge sang sur un costume trois-pièces sombre. Une fière allure et un sourire impeccable qui rappelait celui de Vladimir.

Il s'approcha de Léo et Izabel, comme si rien ne s'était passé, détendu, jovial.

- Bonjour, Léo. Salutations ma chère Izabel, entonna-t-il suivi d'un baise-main. Je suis ravi de vous voir en chair et en os et bien immortels, murmura-t-il d'une voix mielleuse.

Ce vampire avait tout du charmeur italien.

- B… bonjour, bégaya Léo.

Il n'arrivait à savoir pourquoi il se sentait si désarçonné par cette situation. Izabel, elle, avait cambré les reins et écoutait avec attention.

- Vous pouvez me suivre mes amis. J'aimerais que nous fassions plus ample connaissance, rajouta le vampire en montrant de la main le couloir à suivre.

Léo et Izabel s'exécutèrent. De toute façon, avaient-ils réellement le choix après ce qui venait de se passer. Ils n'étaient pas réellement en sécurité sans ce curieux protecteur.

Les voilà partis pour une descente interminable dans les souterrains. Était-ce à cause des incertitudes ou seulement des lieux en forme de vrai labyrinthe sous Paris que Léo se sentait perdu ? Peut-être même les deux. Léo n'était pas à l'aise. Leurs pas résonnaient comme autant de questions dans sa tête.

Au détour d'un énième couloir en pierre, le vampire stoppa. Il posa sa paume dans une pierre plus en relief que les autres. Soudain, une porte secrète s'ouvrit.

Deux gardiens vampires les attendaient comme si tout était déjà préparé, répété.

- Après vous, susurra leur vampire, guide en ces lieux.

Izabel et Léo avancèrent tout en détaillant l'endroit. A l'intérieur de ce passage secret, une grande pièce servait d'accueil, ornée de briques rouges.

Un bruit alerta Léo. Des bruits de pas. Il leva la tête et comprit. Au-dessus d'eux on pouvait voir des humains marcher sur une dalle transparente, sûrement une rue piétonne de la ville. Ces humains étaient loin de se douter de ce qui se tramait en dessous d'eux. Ils devaient voguer, insouciants à leurs tâches quotidiennes, se rendant à leur travail ou tout simplement faisant leur shopping.

- Léo ? interpella Izabel.

Elle se tenait déjà assise sur une grande table, aux côtés du vampire qui semblait être un chef. Léo s'était laissé prendre par la disposition extraordinaire du lieu. Il les rejoignit sans perdre plus de temps, pressé de connaître les tenants et aboutissants de cette invitation.

- Je suis Gérôme, commença le vampire semblant roucouler. Depuis que tu es parti Léo les choses ont changé ici et même ailleurs.

- J'ai vu…

- Oui, enfin… Nous sommes plusieurs à préparer une révolte contre Vladimir. Mais je suis sûr qu'au fond de toi tu le savais déjà !

Léo acquiesça, mais n'arrivait à dire aucun mot.

- Nous ne voulons plus de ce tyran qui se dit notre roi.

Les pensées de Léo s'emmêlèrent. Vélis l'avait bien prévenu. Il lui avait aussi indiqué qu'à Paris il aurait des réponses. D'un autre côté, Léo avait servi Vladimir en effectuant sa mission ; et qui plus est, en la réussissant.

- Mais pourquoi nous inviter ici ? Je ne comprends pas.

- Nous savons tout ce qui vous est arrivé pendant ta mission. Tu sais mieux que quiconque la cruauté de Vladimir et sa traîtrise. Nous te voulons à nos côtés. De plus, tu es un des rares à être parti en mission pour Vladimir et a en être revenu sain et sauf.

Il regardait avec insistance Izabel, ce qui la rendait mal à l'aise. Elle rentrait ses ongles, telles des griffes dans le bois de la table pour contenir son émotion. Les autres vampires écoutaient religieusement ce Gérôme

Le troublant vampire continua.

- Vladimir s'est permis de nombreuses fois, trop nombreuses, à utiliser nos lois pour son usage personnel. Des centaines de vampires ont péri car ils n'avaient pas voulu se soumettre à des inepties. Tu en as réchappé, mais combien y sont restés ? Ce que nous te proposons est unique, nous libérer. Faire partie de ce mouvement de lutte contre le pouvoir de cet usurpateur qu'est Vladimir. Pourquoi un roi ? Pourquoi être gouverné ? Pourquoi autant de règles qu'il manipule à souhait ?

Les deux autres vampires acquiesçaient le regard plein de rage. On sentait monter en eux une lourde colère presque venue du fond des âges. Léo comprenait que ce n'était que les prémices d'une révolution. Toute cette tension ressentie à son arrivée dans les caves en était l'illustration.

- Mais comment vous aider ? Je ne vois pas vraiment ce que je pourrais faire ?

- Léo, Vladimir a confiance en toi. Il t'a laissé repartir avec ta belle.

Gérôme lança encore un regard séducteur vers Izabel, sans aucune gène. Léo n'aimait pas cette façon qu'il avait de la regarder, de tenter impunément de la séduire alors qu'Izabel était sa compagne. Ce n'était pas qu'un sentiment de jalousie mais l'impression que ce Gérôme se croyait supérieur à Léo. Izabel de son côté serrait les dents. Elle entendait le désir fou de ce Gérôme. Il lui parlait directement dans son esprit, se moquant des autres présents dans la pièce et qui plus est de Léo. Les mots qu'il utilisait ne pouvaient être répétés. Izabel rougissait. Elle se demandait si ce n'était pas un test pour connaître son attachement à Léo. Gérôme devait forcément tourner la tête à tous les vampires de Paris, il le savait. Peut-être était-ce son don à lui, le don de séduction. Izabel se concentra sur le moment présent et essaya de rejeter les pensées de Gérôme. Elle posa sa main sur la cuisse de Léo et lui sourit pour le rassurer.

- Je te laisse quelques jours pour y réfléchir mais ne tarde pas trop Léo...

- Les mots de Gérôme clôturèrent cette rencontre, sonnants comme le retour des ennuis pour Izabel et Léo.

- Léo avait besoin d'en savoir plus sur lui-même, de comprendre ses origines avant de choisir. Pourquoi semblait-il si important aux yeux de Gérôme ? Quelque chose n'avait pas été dit. Izabel avait beau essayer de percer les pensées de Gérôme, un voile demeurait. Il devait prendre le temps. Il ne s'engageait pas seulement lui-même, mais aussi Izabel dans ce combat s'il acceptait.

## 4. Sur le causse

Léo et Izabel volèrent une voiture. Léo n'avait pas le permis. Il n'avait pas eu le temps de le passer avant d'être un vampire. Mais il n'en avait pas réellement besoin. Il avait suffi de lire quelques manuels pour qu'il soit un parfait conducteur. Il choisit une petite Alfa Roméo pour le confort et la puissance.

Les kilomètres défilèrent pour traverser la France. Léo devait profiter de ce délai de réflexion pour remonter à ses origines. Il se rendait donc en Lozère.

Bientôt, ils arrivèrent sur des routes sinueuses. Les paysages sauvages s'étendaient à perte de vue. Le Cause leur offrait son plus beau visage sous un soleil d'été radieux. Léo ouvrit sa fenêtre et toutes les belles odeurs de genets, chardons et autres fleurs s'infiltrèrent dans leurs narines. Un bol d'air, un air si pur par rapport à Paris. Izabel en fut ravie. Elle se sentait revivre. Ses yeux percevaient les mouvements d'animaux sauvages.

Léo l'observait de temps en temps. Il la voyait sourire puis se crisper sur son siège. Il la trouvait si belle. Il savait ce qui lui ferait plaisir.

Tout d'un coup, Léo stoppa la voiture à l'orée d'un petit bois. Izabel, surprise, le regarda d'un oeil interrogateur.

Léo mit le frein à main, coupa le moteur et ouvrit sa porte. Avant de sortir, il embrassa Izabel.

Il lui susurra à son oreille.

- Ma chérie, la chasse est ouverte !

Izabel prit le visage de Léo dans ses mains et lui donna un baiser langoureux.

- Merci.

Elle se jeta dehors et s'élança à toute vitesse dans les bois. Ses pieds ne touchaient presque pas terre. Elle sautait de temps en temps de branche en branche, puis s'arrêtait quelques instants à l'affût. Elle pouvait sentir les feuilles glisser sur son visage et ses cheveux voleter dans le vent. Enfin, elle retrouvait les sensations de son Amazonie natale. Elle se sentait libre, rapide, vivante.

Un instant, elle regarda en arrière et elle vit avec plaisir que Léo la suivait. Il gardait une certaine distance pour pouvoir l'observer à loisir. Sa proie était là, non loin. Elle ne se doutait pas qu'elle ne serait bientôt qu'un corps sans vie sur un lit de mousse. Le chevreuil broutait à l'ombre, avec pour seul bruit le chant des oiseaux. Derrière le talus, Izabel bondit, s'abattant violemment, mais dans un silence sourd sur le chevreuil, qui n'eut aucune possibilité de partir. Sa vie était déjà prise. Izabel se releva, vaillante, le sang au bord des lèvres. Ses cheveux bougeaient encore dans son dos, seul vestige de cette attaque furtive.

Izabel enchaîna les pauses gourmandes. De temps en temps, elle écoutait les buses. Elle trouvait leurs proies et s'en accommodait sous l'œil désabusé de ces dernières.

Malgré tout, il fallait reprendre la route. Léo redoutait ce moment mais il était nécessaire.

La nuit commençait à tomber quand ils arrivèrent près du village familial de Léo. Il se gara à l'entrée pour ne pas éveiller de soupçons, puis ils décidèrent d'attendre la nuit noire pour se rendre devant la ferme.

Des petites fenêtres perçaient encore l'obscurité de leur lumière. Était-ce encore sa famille à l'intérieur ? Peut-être n'était-ce que des étrangers ?

En un éclair de secondes, Léo se trouva derrière la vitre. Izabel resta en retrait tout en percevant ses pensées. Elle comprenait son appréhension, mais ne voulait pas le perturber de sa présence. C'était son histoire, son ancienne vie.

Un homme d'une quarantaine d'années rangeait la table. Il débarrassait deux couverts. Les yeux déjà bien ridés et les tempes grisonnantes, ce visage lui disait quelque chose sans être pour autant immédiatement reconnaissable. Il avait déjà vu cet homme mûr. C'était sûr. L'homme jeta les couverts dans l'évier d'un air hargneux.

- Qui est-ce ? murmura Izabel. Elle savait que Léo l'entendait.

Léo se retourna et vit la silhouette de sa compagne tapie dans l'ombre. Son regard était devenu triste, hagard.

- Mon frère... pensa fort Léo.

Celui qu'il avait connu jeune et fort comme un lion, de deux ans son aîné était devenu un homme faisant plus vieux que son âge. Il ne se tenait plus le torse bombé comme quand ils allaient faire les fêtes de villages. Son regard n'avait plus cette flamme rieuse. Ses épaules tombaient avec tout le malheur du monde pour les creuser. Julien, c'était son nom, avait toujours les plus belles filles à son bras. Il était l'un des meilleurs en sport à toutes les compétitions de leur Lycée. Quand Léo était parti à Paris pour ses études de médecine à la Sorbonne, Julien, lui, suivait déjà des cours pour être vétérinaire à Clermont Ferrant. Il se destinait à une brillante carrière. Leurs parents étaient fiers de voir leurs deux fils dans des voies magistrales, plus loin qu'ils n'auraient jamais pu aller eux-mêmes. Ses parents agriculteurs vivaient modestement. Ils avaient tous deux quitté l'école assez tôt, mais étaient néanmoins des gens avec de grandes valeurs et une gentillesse à toute épreuve. Le père de Léo rendait souvent service aux voisins. Il servait tour à tour de maçon, charpentier ou encore aidait les vaches ou brebis à mettre bas. On s'entraidait dans le causse. Bien sûr, ils auraient voulu qu'un de leurs fils reprenne la ferme, mais ils ne s'y destinaient pas.

Du moins, Léo le croyait à l'époque. Son frère avait tout maintenant du vieux garçon et au vu des ses mains calleuses et de son dos abîmé par les charges, son destin avait dû être tout autre que la vie d'un notable de ville. Julien avait dû reprendre la ferme. Sinon, il n'y vivrait pas. Aucun vétérinaire n'habitait dans des fermes. Ils venaient tous des villes, de Mende, Marvejols ou même Saint-Chély. Ils battaient la campagne pour voir leurs patients.

Deux couverts... Léo se concentra sur l'étage. Il entendit des pas dans le grand escalier en bois. Il craquait de toutes parts. Un rythme régulier comme un cœur qui bat. Léo perçut alors un râle. Une personne essoufflée montait les escaliers. Léo leva la tête et la lumière de la première chambre à l'étage s'alluma. La chambre de ses parents. Ni une ni deux, Léo s'agrippa la première pierre sur le mur, puis pierre après pierre, se retrouva sur la pointe des pieds collés à la fenêtre de la chambre, en appui sur les sillons granitiques de la date de construction de la maison.

Le spectacle qu'il vit fut encore plus saisissant. Sa mère, seulement sa mère, se penchait lentement sur son lit pour le défaire, vêtue d'une chemise de nuit bariolée. Elle n'était plus qu'une vieille femme aux cheveux ébouriffés retenus pas une longue natte grisâtre. Elle se glissa avec peine entre les draps comme si tous ses muscles lui faisaient mal. Là, une fois couchée, elle embrassa deux cadres photos que Léo ne pouvait distinguer d'où il était. Alors seulement, elle éteignît la lumière dans un dernier effort et ferma ses yeux si lourds.

Léo ferma lui aussi ses yeux. Il aurait voulu effacer ces images pour revoir celles du passé. Remonter le temps. Leur vie était si triste à présent rongée par le deuil. Et encore, avaient-ils pu seulement le faire sans corps, sans nouvelles de leur fils, de leur frère. Ils avaient survécu toutes ses années dans l'incertitude et l'amertume.

Léo qui venait tout juste de se faire à sa condition de vampire douta. Et s'il avait pu simplement mourir pour laisser une dépouille à sa famille et ne jamais voir ce troublant spectacle. Peut être que son frère aurait poursuivi ses études et serait devenu vétérinaire, peut être que son père serait encore là et peut être qu'avec sa mère ils vivraient comme deux petits vieux heureux. Ils prendraient ensemble leur soupe et se disputeraient quand même de temps en temps, tout en retrouvant leur vieille complicité jusqu'au bout de leur vie.

Léo retomba sur le sol. Il se retourna et se mit à courir le plus vite qu'il pouvait. Des larmes auraient pu couler de ses yeux. Il galopa bien plus loin que n'importe mortel aurait pu, sans aucune fatigue. Il ne sentit aucune distorsion dans ses jambes, ni crampes dans ses muscles. Seuls les bras d'Izabel l'arrêtèrent. Il s'y engouffra, ravalant de longs soupirs. Il n'avait aucun mot pour dire sa mélancolie. Heureusement, Izabel entendait ses pensées et cela suffisait à lui faire comprendre la situation. Ils restèrent de longues heures enlacés dans la fraîche nuit.

Le lendemain, Léo profita de l'absence de son frère et de sa mère pour se rendre dans son ancienne maison du bonheur. Dans la chambre de ses parents, sur la table de chevet de sa pauvre mère, les deux cadres, côtes à côtes surplombaient le lit du désespoir. Sur l'un, le visage rond et jovial du défunt père de Léo, sur l'autre, Léo enfant, essayant d'attraper un papillon et une autre adulte prise dans un champ. Léo aurait pu entendre les éclats de rires de cet enfant qui n'était plus vraiment lui et la gouaille joyeuse de son père.

Survivre à cette famille, oui, c'était sa destinée. Jamais il ne pourrait retourner en arrière, le mal était fait et l'avait emporté vers cette éternité. Léo avait encore plus la rage au ventre de découvrir qui l'avait transformé et lui avait enlevé cette vie auprès des siens.

## 5. Les origines

Deux jours que Léo et Izabel épiaient son ancienne vie. Rien de bon n'était sorti de ce voyage. Léo regrettait presque. Il n'aurait peut-être pas dû revenir. Il en avait le cœur lourd et sa morosité risquait de déteindre sur sa relation avec Izabel. Elle le soutenait toujours, lui offrait son épaule, ses bras pour effacer la peine. Mais était-ce seulement assez ? Léo ne pourrait jamais oublier ce qu'il avait retrouvé ici.

Déçu, Léo s'apprêtait à repartir.

- Viens Izabel, nous ne trouverons rien d'intéressant ici. Il ne reste qu'une journée pour nous décider.

- Tu es sûr, s'avisa-t-elle, tu n'as encore rien de précis pour t'aider dans ton choix ?

- Oui, mais j'ai si mal de vivre, si prés des gens que j'ai aimés, sans pouvoir les retrouver vraiment. J'aimerais pouvoir dire « maman » encore une fois et lui rendre son sourire, j'aimerais tenter une nouvelle bagarre avec mon frère qui finirait en rires. Je ne peux pas me montrer, je ne peux pas leur dire la vérité. J'en crève...

- Je suis désolé. Je ne peux rien pour t'aider.

Léo serra  Isabel, la chaleur des pierres réfléchissant sur leurs peaux mortes.

- Tu en fais déjà bien assez en étant à mes côtés, en m'offrant une éternité d'amour, un autre avenir possible.

Ils s'embrassèrent en silence.

Puis, Léo fixa le muret derrière eux. Un détail l'attira. Il connaissait bien cet endroit, prés de la route la plus passante du village. Il y jouait enfant.

Soudain un flash l'immobilisa et il lâcha Izabel :

Il était un enfant de huit ans tout au plus. Derrière ce muret s'étendait l'aire de battage. Il s'écornait les genoux sur le sol, rampant comme un fou. Il suivait un lézard entre les pierres brûlantes. Il réussit à l'attraper par la queue, qui se coupa instantanément. Le lézard s'enfuit au cœur des pierres. Il regardait entre ses doigts la queue qui continuait de s'agiter. L'enfant qu'il était releva la tête. Un homme le regardait au loin. Léo reconnut De Roquemaure. Il était donc déjà dans sa vie d'avant et revenait dans ce souvenir.

Cet homme paraissait étrange. Il portait un long manteau malgré la chaleur. Léo se souvint alors qu'il ressemblait aux hommes dans ses livres d'Histoire. Le temps de cligner les yeux et l'homme fut à ses côtés qui se penchait sur lui.

Léo se souvenait très bien de ses paroles, les entendant de nouveau dans sa tête. De Roquemaure lui avait demandé s'il était bien Léo Dalcan. Puis il avait pris des renseignements sur sa famille. Léo se lassa bien vite de cet inconnu et décida de ne plus répondre à ses questions et de retourner à ses lézards. L'homme disparut en un éclair aussi vite qu'il était arrivé.

Il connaissait donc bien De Roquemaure avant sa transformation. Cela ne faisait plus aucun doute. A l'époque, Léo s'en rappelait maintenant très bien, l'enfant qu'il était, avait cru rêver cet inconnu. Il retourna à ses activités sans ne jamais en parler à personne.

Peut-être était ce pourquoi il ne l'avait pas marqué. Toujours est-il que ce flash laissa Léo sans voix et Izabel dut le secouer pour le faire revenir à lui.

- Léo ? Léo ?

- Euh…

- Léo, ça va? interrogea Izabel inquiète.

- Oui Izabel, même mieux. J'ai eu un flash. Je connaissais bien De Roquemaure et en plus avant ma transformation. J'étais enfant. Il est venu ici, m'a questionné sur mon identité. Ce n'est pas du hasard Izabel. Quand on parle de ma destinée, je sens que je suis liée à de Roquemaure. Il doit tout savoir de moi. C'est comme s'il était venu vérifier de lui-même mon existence. Je ne comprends pas tout mais j'ai de nouvelles pièces au puzzle.

- Ce De Roquemaure ne mentait pas alors…

- Non.

- Je ne sais pas comment nous pourrions en savoir plus.

- Moi non plus. En même temps, il ne nous reste qu'une journée pour faire notre choix et rejoindre, ou pas, les partisans de la révolte et Gérôme.

- Je suis si bien ici. Le paysage est magnifique, le gibier en opulence. J'ai l'impression d'avoir trouvé un compromis entre chez moi et Paris.

- Quand je te disais que tu aimerais !

- J'adore !

- Et encore tu n'as pas tout vu. Demain, avant de partir, je veux te montrer mon coin préféré, le Pont du Tarn. J'y allais humain.

- Je serais bien restée une éternité ici ! répéta Izabel avec un sourire malicieux

- Oui, mais avant nous avons d'autres préoccupations. Si tu veux, nous quitterons Paris quand nous serons plus pris dans cet engrenage infernal. Nous pourrons nous installer par ici. Je ne rêve que de ça, d'être rien qu'avec toi en accord avec notre nature. Je veux que tu te sentes bien, tu le sais. Et si je le pouvais, je t'éviterais tous ces ennuis. D'ailleurs, tu n'aurais que quelques mots à prononcer pour que je te laisse ici dans ce coin paisible. Cela m'inquiète de te mêler à tout ça.

- Mais Léo…

- Arrête, je sais bien que j'ai un rôle à jouer dans tout ça, on me l'a assez dit maintenant pour que j'y croie. Et puis, tous ces indices. Tu pourrais me laisser mener seul ces épreuves.

Izabel s'énerva.

- Léo. Arrête. Tu sais pourquoi je reste avec toi, tu sais pourquoi je te soutiens. Tu sais pourquoi je resterais toujours à tes côtés, quitte à donner ma vie pour toi. Tu ferais de même pour moi. Je t'aime et je n'ai pas d'autre bonne raison à te donner.

- Excuse-moi…

- Bon, vivement demain que tu me montres ton petit paradis. Je suis déjà subjuguée par ce coin-ci alors voyons si tu peux vraiment faire mieux ! répliqua Izabel suivi d'un rire appuyé.

Léo sourit. Il prit Izabel dans ses bras et l'embrassa. Ils auraient aimé que cet instant dure une éternité.

## 6. La rencontre inattendue

- Tu avais raison, c'est magnifique prononça à demi-mot
Izabel.

Les deux vampires venaient de descendre un petit sentier sla-
lomant entre les genets et arrivaient sur un vieux pont en pierres de
granit. Il reposait, les deux pieds enjambant le Tarn. Cette rivière,
prés de sa source, brillait sous l'effet du soleil. Elle scintillait même
comme abritant mille étoiles. Des amas rocheux de granit for-
maient des masses comme sorties de terre. Certaines, plus grandes
qu'un homme, accueillaient des oiseaux de passage pour s'abreuver.
Ils sautillaient, inconscient, ne sachant que le plus grand des préda-
teurs se trouvait non loin d'eux. Izabel sentit en eux et dans les autres esprits de ce lieu une quiétude bienfaitrice. Une belle harmonie
se dégageait de ce paysage.

Izabel et Léo s'avancèrent sur le Pont, offrant une vue plus
fine sur l'autre rive. Une petite forêt clairsemée de pins donnait de
l'ombre. Les bords de l'eau entre pierre et sable ressemblaient à une
véritable petite plage. L'air était pur, sain. Izabel s'en enivrait cons-
ciente qu'elle serait bientôt de nouveau en ville. Elle se sentait si
bien ici.

Elle sourit à Léo. Savoir que ce lieu était un de ses préférés
lui mettait du baume au cœur. Ils avaient les mêmes goûts. C'était
un vrai paradis sur terre.

Izabel se souvint de la cascade chez elle, hors de leur grotte et
d'un moment plaisant passé avec Léo. Elle se serra contre lui, prit
ses mains dans ses paumes et l'embrassa fougueusement. Elle fit un
pas, se retourna brièvement vers Léo, un rictus coquin sur ses lèvres et elle s'élança à vive allure. D'un bond, elle atterrit dans l'eau
claire et revigorante. Elle s'immergea un instant, puis ressortit
droite, le dos cambré. Ses cheveux mouillés collaient à son dos

d'amazone. Léo se perdit dans ses pensées, les yeux rivés sur sa déesse, celle qui était bel et bien sa compagne. Cette vision semblait un rêve éveillé.

Soudain, Léo sentit sur lui s'abattre un poids lourd qui le plaqua au sol. Sonné, il ne put que recueillir des coups foudroyants. Le temps de reprendre ses esprits, il réussit à se retourner et à placer ses avant-bras de sorte de se protéger un peu des attaques.

Son assaillant était évidemment un vampire. Il avait une allure assez moderne. Des vêtements de sport de coureurs de fond composés d'un cycliste et d'un tee-shirt en matière respirante qui moulaient ses muscles affûtés. Ses cheveux blonds taillés en brosse lui donnaient un faux air de nazi. Son regard bleu déterminé en disait long sur ses espoirs. Il devait clairement éliminer Léo.

Alors que Léo ne pouvait qu'atténuer l'attaque, son salut vint d'Izabel. Ni une ni deux, elle l'avait rejoint et tirait l'agresseur par la jambe. Elle vissa ses pieds bien dans le sol et prit son élan. Elle commença à balancer de droite à gauche. De plus en plus fort, jusqu'à ce que le mollet semble se détacher du vampire, vrillé. Un cri de douleur s'échappa de la bouche tordue de l'assaillant. Il se détourna de Léo. Debout face à Izabel, il suffit d'une seconde pour que sa jambe ne reprenne sa forme initiale. Ce vampire semblait très fort. Ce n'était point un jeune fougueux.

Alors qu'Izabel allait lui sauter au cou, elle fut tirée en arrière. Un autre vampire la traînait par les cheveux formant un nuage de poussière autour d'eux. Le premier agresseur reprit sa charge contre Léo et sortit un poignard à la lame finement dentelée.

De toute façon, il allait bien trop vite pour Léo. Il ne pourrait l'esquiver. Léo choisit dans un premier temps la fuite. Il se laissa tomber dans la rivière accrochant son agresseur. Le poignard scintillant se planta dans un rocher. Eux tournèrent l'un sur l'autre à plusieurs reprises dans l'eau glaciale. Tantôt Léo se trouvait immergé tantôt l'autre. Dans le fracas de cette bagarre, tous les oiseaux s'envolaient et les autres animaux présents fuyaient. La paix était définitivement troublée.

L'autre vampire enjamba Izabel. C'était une femelle d'un blond nordique. Elle attrapa les mains d'Izabel et la retint ainsi, clouée au sol. Izabel essayait de toutes ses forces de la repousser en ébranlant ses hanches dans tous les sens mais cette vampire était bien trop puissante aussi. Elle avait un visage froid aux traits fins. Elle ne laissait trahir aucune émotion, ni vengeance ni haine. Izabel, se retournant à demi, tenta un coup de genou dans les côtes de son ennemie. Mais ce fut vain, et le coup fendit seulement l'air. Izabel se sentait à bout de force. Elle essayait de trouver une parade, un schéma pour s'en sortir. Elle voulait aider Léo. Il fallait qu'elle se débarrasse au plus vite de cette Barbie. Ladite poupée plastique sortit ses crocs en jetant sa tête en arrière. Elle allait la mordre et en finir. Izabel poussait de tous ses muscles mais c'était peine perdue.

Soudain, une pierre écrasa son crâne dans un bruit sourd. Elle tomba comme un poids mort sur Izabel, les yeux ébahis. Léo apparut derrière la pierre de granit un large sourire sur les lèvres. Izabel était soulagée. Léo était sain et sauf et venait en plus de la tirer d'affaire. Izabel se releva sans rien montrer de son épuisement. Elle voulait rester digne, ne rien laisser paraître. Son regard disait qu'elle aurait bien pu s'en sortir seule, mais son esprit pensait toute autre chose. Léo la prit dans ses bras. Izabel fixa alors la petite rivière où une tache rouge incandescente se laissait emporter par le courant. Au fond, le corps de l'agresseur gisait, le poignard dans le ventre. La tête se trouvait à 20 mètres de là sur la rive, posée sur un lit de genets.

Léo prit l'initiative d'attacher la vampire qui n'allait pas tarder à se réveiller.

- Qui est-ce ? Tu les connais ? demanda Léo.

- Non.

- Tu as vu. Ils voulaient simplement nous tuer.

- Oui, mais je n'arrivais à écouter leurs pensées. Cette femelle restait impassible, on aurait dit un véritable robot.

- Je parierais que ce sont de vieux vampires bien adaptés à notre temps. Tu ne crois pas ?

Izabel se retourna encore une fois vers le cadavre dans la rivière. Bientôt, il disparaîtrait.

- Oui, et fort puissant.

- Heureusement, nous n'avons rien. Mais je veux savoir qui ils sont et pourquoi ils nous ont attaqués. Bizarrement, ils ne ressemblent pas à des larbins envoyés par Vladimir ; ni aux vampires de Paris. Je trouve cela très étrange.

La vampire commençait à se réveillait et bougeait la tête. Izabel s'en saisit immédiatement, faisant mine de l'étrangler, la haine dans le cœur. Cette pourriture venait de troubler leur plus bel instant.

- Attend calme toi, nous devons l'interroger, signifia Léo.

- Oui je sais, mais cette garce ne nous aura pas !

La vampire s'agita, tous crocs dehors. Elle basculait sa tête à droite à gauche. Elle semblait perdue. Peut-être que Léo avait frappé trop fort sa tête.

Izabel se pressa pour l'interroger.

- Qui es-tu ? Qu'est-ce que tu nous veux ? cria Izabel.

L'agresseuse ne dit rien, le regard dans le vague. On eut dit que son masque tombait et qu'enfin des émotions renaissaient.

Izabel resserra son emprise.

- Alors ?

La vampire gardait le silence, muette comme une tombe. Rien ne pouvait l'ébranler, sauf autre chose. L'intuition de Léo l'amenait à creuser dans l'esprit de la vampire.

- Izabel, il faut que tu te calmes et te concentre sur ses pensées. Elles peuvent te guider. Garde de côté ta rancœur, souffla Léo dans le creux de l'oreille d'Izabel.

Alors, elle changea de visage, ôta ses mains du cou de leur prisonnière. Un long silence s'en suivit. Seul le coulis de l'eau se laissait entendre.

Heureusement, se dit Léo, les lieux étaient déserts. D'ordinaire il pouvait y avoir beaucoup d'humains pour se baigner au Pont du Tarn. Il n'aurait pas fallu tomber nez à nez avec eux. Il était un peu tard, tous les touristes et vacanciers avaient dû repartir vers leurs pénates.

- Je n'y arrive pas. Elle arrive à mettre une sorte de brouillard. Elle ne parlera pas. Ne révélera rien maintenant. Je ne la sens pas du tout disponible, comme ailleurs.

- Nous devons la ramener avec nous à Paris. C'est la seule solution.

- Oui tu as raison. Là-bas peut être que quelque un pourra nous aider à l'asticoter. Nous en saurons plus, ajouta Izabel en se relevant les cheveux.

- Je ne sais pas si c'est le choc ou volontaire, mais elle ne nous facilite pas la tâche... J'ai une idée...

- Tu es sûr ? murmura Izabel.

- C'est la meilleure façon de voyager pour une vampire endiablée.

*

Quelques minutes plus tard, Léo revint avec une grande malle en osier assez grande pour y jeter la vampire. Izabel ajusta la fermeture et tourna la clef dans le verrou.

- Elle ne nous posera plus de problèmes pour rentrer! S'écria-t-elle d'un ton amusé.

- Bien sûr...

Il était temps pour Léo et Izabel de regagner Paris. Avaient-ils pris leur décision ? Eux seuls le savaient. Toujours est-il qu'ils comptaient bien savoir qui leur voulait du mal avec cette femelle nordique dans leurs bagages.

## 7. La réponse de Léo

Izabel regrettait déjà la paisible Lozère, le nez dans les pots d'échappement, le cœur gros, la tête emplit du gris de la ville. Paris ne leur laisserait pas de répit, elle le savait. Et pour le coup, dès leur entrée dans les caves avec leur malle, ils furent assaillis. Gérôme était là pour les accueillir comme il se doit avec ses autres compatriotes.

Ils ne voulaient plus attendre pour la réponse de Léo. Le temps était écoulé.

Gérôme les invita donc à les rejoindre dans sa cache, autour de sa table de réunion. Izabel et Léo demandèrent aux vampires de prendre leur caisse avec eux. Personne ne savait vraiment ce qu'elle comportait.

Au bout des longs couloirs, Izabel et Léo se retrouvèrent en cercle avec Gérôme et les siens.

- Ravi de vous revoir en forme Léo et Izabel, dit Gérôme, fixant Izabel.

- Nous de même, répliqua Léo, sûr de lui.

- Alors, faut-il vous compter parmi nous ?

- Avant, nous avons quelque chose à vous montrer.

Pendant tout le trajet, Léo et Izabel avaient tourné le problème dans tous les sens. Ces agresseurs avaient pu être commandés par Vladimir mais aussi par Gérôme. Qui croire ? Léo ne pouvait avoir confiance en personne sauf en Izabel. Comment rejoindre Gérôme presque inconnu sans savoir avant ce qu'il vaut réellement ? Les questions se bousculaient. D'autant que le fantôme de De Roquemaure planait sur Léo depuis qu'il était retourné voir sa famille sur les Causses.

- Vas-y Izabel, s'enquit Léo.

Izabel déverrouilla la caisse et mit à jour la vampire, celle qui avait tenté de les tuer. Elle était recroquevillée sur elle-même, tremblante.

- Alors, dis-nous Gérôme, qui est-elle?

Tous les vampires autour restèrent bouche bée.

Gérôme redessina un sourire enjôleur sur ses lèvres charnues.

- Sylla…C'est Sylla.

- Sylla ? S'interrogèrent en même temps Izabel et Léo.

- Sa réponse paraissait comme une évidence. Peut-être pour tous les autres, mais pas pour eux.

- Qui est-elle ? demanda Léo sur un ton plus agressif.

- C'est la compagne d'Alban. Alban est un des détenteurs des sceaux royaux vivant dans le Nord. Son royaume s'étend de l'Arctique à l'Antarctique.

- Nous l'avons trouvé sur notre route, ou plutôt, elle est venue nous trouver avec un autre vampire… pour nous tuer. Nous aimerions avoir des explications.

- Je n'en sais pas plus que toi Léo, ne sois pas sur la défensive avec moi. Je ne peux en être tenu pour responsable. Tu sais comme moi que tu m'es précieux pour ma cause, pourquoi voudrais-je t'exécuter et encore moins ta belle.

Gérôme eut encore un regard vicieux vers Izabel. Celle-ci détourna ses yeux, souleva leur prisonnière et la jeta à ses pieds, mains liées. De toute façon, elle était maintenant trop faible pour tenter quoi que ce soit.

Léo ne comprenait plus rien. Pourquoi la compagne d'Alban leur en voudrait, était-ce lui qu'il avait tué ?

- Non, je t'ôte ton doute. Il n'est pas mort. Alban est des nôtres. Tout comme Mnémis d'ailleurs.

Izabel sentit son cœur s'affoler à l'évocation de ce nom si cher à ses yeux. Son clan était donc avec Gérôme. Izabel se souvint de chez elle. Son pays lui manquait tant.

Gérôme reprit.

- J'ai reçu pas plus tard qu'hier un émissaire d'Alban. Mnémis, comme tous les détenteurs des sceaux a dû lui aussi se prononcer. Il a immédiatement penché de notre côté plutôt que de celui de Vladimir. Allez savoir pourquoi ! finit Gérôme dans un éclat de rire.

Gérôme reprit ne laissant pas la parole à quiconque.

- De toute façon, nous devons par tous les moyens faire tomber Vladimir. Nous ne devrions pas être gouvernés par un seul et unique roi. Qui en a décidé ainsi ? Pourquoi y aurait-il plusieurs seaux alors qu'il n'y a actuellement qu'un roi ?

Soudain, Sylla, la prisonnière aux pieds de Gérôme, sortit de son silence comateux.

- Écoutez-moi, je n'y suis pour rien! cria-t-elle enragée.

- Faites la taire, ordonna Gérôme.

Un de ses vampires fantômes l'assomma immédiatement dans une brutalité sans nom.

- Mais...

Léo et Izabel furent choqués de cette violence. Même eux n'auraient jamais frappé aussi violemment quelqu'un sans défense. La vampire allongée maintenant à même le sol semblait courbée devant Gérôme.

- Je parle! Je suis en train de tout te dire Léo ! Crois-moi, c'est plus important que n'importe quoi d'autre. Je croyais que tu voulais que je ne te cache rien ?

- Si bien sûr. Justement, je veux des réponses et pas d'autres mystères en plus. C'est trop. Trop flou autour de moi.

- Enlevez là de ma vue.

Et Sylla fut traînée par delà les couloirs des sous terrains de la ville.

Encore choquée, Izabel regardait la place que prenait auparavant leur captive. Il fut un moment où elle l'aurait tué elle-même de ses doigts mais quelque chose avait changé. Quand elle s'était éveillée, Izabel avait eu un pressentiment, comme si l'esprit de cette vampire voulait lui faire parvenir un message, mais sans succès. Et si ce brouillard autour d'elle était dû à une autre personne et non volontaire.

Leur retour était décidément fracassant.

Léo s'avança vers Gérôme. Izabel en fut surprise. Que faisait-il ?

- J'accepte ...

- Que dis-tu Léo ? redemanda Gérôme, comme pour que Léo l'affirme haut et fort et que tous sachent sa réponse.

Izabel resta interloquée. Comment était-ce possible ? Léo se posait tant de questions, il ne pouvait encore prendre une décision aussi grave. Ce Gérôme paraissait si mystérieux…

Léo reprit d'une voix plus assurée et forte.

- Oui, Gérôme, tu m'auras à tes côtés contre Vladimir.

- Qu'il en soit ainsi. J'en suis honoré, répondit Gérôme d'une voix plus sincère et plus cristalline.

- Dès que la guerre sera en marche, vous serez contactés. Reposez-vous. Il faut bien que nous prenions tous des forces.

- Mais j'ai d'autres questions Gérôme.

Gérôme leva la main.

- Je sais. Mais je ne peux y répondre maintenant. Tu es des nôtres et tu sauras bien assez vite le fond des choses. Nous nous battrons ensemble contre Vladimir et tu verras pourquoi tu as bien fait de choisir notre camp.

La discussion était malheureusement close et rien ne pourrait changer.

## 8. Les révélations

- Je suis un peu étonnée que l'on n'en ait pas discuté avant, mais tu as fait ton choix et je serai à tes côtés quoiqu'il arrive. Puis Mnémis aussi a choisi de vous rejoindre, il est mon chef de clan. Je me dois finalement de suivre aussi son exemple.

Léo caressait lentement le front d'Izabel, allongés dans ce qui leur servait de chambre dans les caves.

- Merci Izabel. Je sais que cette réponse a pu te choquer au vu des derniers événements, mais je n'ai finalement pas d'autre choix. Nous savons, aussi bien toi que moi la cruauté de Vladimir. Puis, il reste trop d'incertitudes autour de mon passé. Je dois foncer pour faire le point. Je ne pourrais jamais sans toi à mes côtés.

- Mais tu n'auras jamais à faire ce choix Léo…

-… Merci d'être là tout simplement.

Izabel et Léo s'enlacèrent longuement défiant la tragédie qui allait se jouer.

*

Pendant plusieurs heures, ils allèrent chasser au bois de Boulogne. Il y avait des cerfs et une multitude de rongeurs à se mettre sous la dent. Ils devaient prendre des forces. Ils couraient, l'un à côté de l'autre, évitant les humains. Bien que la réputation de ce lieu fût mal famée, beaucoup ignoraient la beauté et la variété de la faune et de la flore environnante.

*

De retour à la cave, Léo ne pouvait s'empêcher de penser à leur captive.

- Dites à Gérôme que je veux voir Sylla, cria-t-il à un des vampires du clan qu'il connaissait proche de ce dernier.

- J'y vais de ce pas.

Et le vampire s'en alla à vive allure.

Quelques minutes plus tard, on guidait Léo vers la cellule de Sylla. Elle se présentait recroquevillée, sûrement endormie. La peau de son visage était craquelée par le manque de nourriture. Sylla lui faisait maintenant presque peine. Ses longs cheveux blonds étaient devenus filasses, presque blancs. Les murs de la cellule semblaient rainurés de marques d'ongles. Combien d'autres vampires avaient été enfermés ici ? Léo semblait entendre les cris des prisonniers d'outre-tombe. Un vrai cauchemar.

Et Sylla, derrière de grosses grilles en fer forgé, attendait son sort. Mais qu'avait-elle fait au juste ? Léo se posait tant de questions.

Alors que Léo la contemplait, Sylla ouvrit les yeux d'un seul coup et fut visage contre visage avec Léo. Sylla se pressait contre les froides grilles, enfonçant sa peau laiteuse. Elle se mit à murmurer, si bas, qu'aucun humain n'aurait pu l'entendre.

- Léo… Léo Dalcan !

- Oui.

- Il… Il m'a obligée.

- Qui ? répondit Léo, tenant maintenant les grilles de ses mains.

- Il m'a ordonné de te tuer.

- Mais qui ? Dis-moi tout.

- Vladimir… Il m'y a obligée, je ne voulais pas… supplia Sylla.

Peut-être avait-elle peur que Léo ne veuille la tuer ?

Sylla se mit à sangloter. On aurait dit une folle. Tous ses membres tremblaient.

- De Roquemaure…

- Oui, qui est-il ? Que sais-tu sur lui ?

- De…

- Il faut que tu me dises Sylla. Vas-y.

Sylla ferma les yeux comme pour reprendre ses forces. Chaque parole semblait lui demander beaucoup d'efforts. Léo s'en voulait de lui en demander autant, mais il fallait qu'il sache. Sylla avait été poussée à le supprimer par Vladimir et elle semblait connaître tant de choses. Peut-être qu'il serait trop tard bientôt pour elle puisse s'exprimer.

Léo effleura les doigts de Sylla puis n'hésita plus et lui prit la main.

- Sylla, tu dois tout me dire.

Elle rouvrit les yeux péniblement. Ses paupières semblaient peser une tonne, tout le poids de son malheur.

- Tu es une pièce maîtresse Léo. C'est pour ça qu'ils veulent t'éliminer. De Roquemaure rode, il connaît Paris comme sa poche et sait où tu es.

Léo essayait de remonter les pièces du puzzle.

- Mais toi Sylla, pourquoi agir pour Vladimir ?

- Vladimir a menacé de s'en prendre en premier à notre clan du Nord mais aussi à Alban. Il m'a parlé des pires tortures durant l'éternité prévues pour lui. Il m'a chargée, avec un des siens, La-coya, de te tuer pour que la guerre ne puisse éclater. Il sait pour la révolte. Il sait pour la conspiration à Paris… Il sait…

Sylla tomba et se rattrapa de justesse au barreau.

Léo pensa à Izabel restée dans leur chambre. Elle aussi serait capable de donner sa vie pour lui. Finalement, Sylla était à plaindre, elle n'avait agi que par amour pour son compagnon et son peuple. Vladimir lui avait fait un odieux chantage. Comment pouvait-elle refuser ? Vladimir avait déjà montré à Léo lors de sa mission chez les Aztèques qu'il était vicieux et sournois.

- Que sais-tu sur moi ? Qui…

Soudain deux vampires entrèrent. Sylla fit mine de se rendormir et se figea instantanément. Elle ressemblait à une vieille statue de cire. Un des deux vampires ouvrit la cellule d'un tour de clef, puis ils se saisirent d'elle, sans ménagement. Ils l'emportèrent comme un sac de sable. Léo se demandait ce qu'il allait advenir d'elle. Sûrement rien de bon. Au fond de lui, il souhaitait qu'elle soit épargnée. Après tout, elle n'avait fait que défendre les siens, rien de plus. Elle ne méritait pas la mort ou l'enfermement à perpétuité.

Léo demanda à voir Gérôme et sa demande fut rapidement comblée. Ce dernier avait mauvaise mine et, sans la présence de femelles, semblait moins orgueilleux.

- Qui y a-t-il Léo ? prononça d'un ton dédaigneux Gérôme sans même se retourner vers son visiteur.

- J'ai vu Sylla. Où l'ont-ils emmené ?

- Cela ne te regarde pas.

- J'aimerais qu'elle soit épargnée. Elle m'a raconté comment elle avait été enrôlée par Vladimir. Il l'a flouée elle aussi. Elle est une preuve vivante encore une fois que Vladimir ne devrait pas être notre tyran.

A ces mots, Gérôme se releva. Il semblait regarder des cartes sur une table en ébène.

- De toute façon Léo nous ne lui feront rien. C'est la compagne d'Alban. Alban possède un des quatre sceaux royaux. Nous avons besoin des quatre seaux pour nous soulever. Si tu as l'impression qu'elle souffre trop, dis-toi juste que c'est provisoire. Elle reprendra vite de sa superbe quand elle aura été nourrie.

- Bien…

- Mnémis et Alban seront bientôt ici. Nous l'informerons de la présence de sa compagne et de ses actions passées. Nous sommes en marche Léo. Le soulèvement est imminent. N'entends-tu pas encore les murmures sur ton passage. Ne sens-tu pas les tensions qui nous entourent. Nous devons garder la tête froide pour être prêt et ne pas nous laisser perturber par quoi que ce soit ni qui que ce soit.

Léo avant de repartir lâcha quelques mots qui résonnèrent comme un tonnerre.

- Vladimir est un monstre, j'en suis convaincu. Nous l'aurons!

## 9. La table ronde

Léo retrouva Izabel dans leur chambre. Elle semblait pensive et avait presque sursauté quand Léo était entré. Étendue sur le lit, elle fixait le plafond en pierre. Ses longs cheveux étaient ramenés en une natte sur ses épaules. Elle avait des faux airs de déesse grecque. Que pouvait-elle faire de toute façon toute seule dans les caves ? Elle ne se sentait pas chez elle. De plus, elle n'avait pas envie de se promener seule dans les caves où ailleurs. Les autres vampires lui faisaient froid dans le dos. Ils avaient tous à l'esprit la guerre à venir et le moment où ils devraient se battre. Izabel voyait des horreurs dans leurs têtes, de vrais films d'angoisse, plus vrais que nature.

Léo s'allongea à ses côtés. Ils restaient silencieux. Ce n'était pas comme s'ils n'avaient rien à se dire, au contraire, ils avaient tant à échanger qu'ils ne savaient où commencer. Léo voulait raconter à Izabel sa rencontre avec Sylla, mais dans un autre temps voulait l'en épargner. Izabel elle, voulait évoquer la décision de Léo, mais hésitait à aborder le sujet tant la pression sur les épaules de Léo lui semblait insupportable. Elle ne voulait le blesser. A force de s'épargner, ils ne pouvaient même plus se parler.

Izabel soupira tandis que Léo prenait sa respiration. Allait-il enfin forcer la discussion ? Il essayait de brouiller son esprit mais de toute façon Izabel était trop préoccupée pour lire dans ses pensées.

- Léo Dalcan, on t'appelle en salle du conseil ! cria un vampire à la porte. Il avait pris la précaution de ne pas ouvrir pour leur intimité.

- Ils veulent que tu y ailles seul Léo, murmura Izabel, d'un air triste.

Il l'enlaça puis lui déposa un baiser sur le front.

Avant de partir, il se retourna vers Izabel. Il ne pouvait s'empêcher de lâcher le fond de sa pensée.

51

- Ils n'ont pas le droit de t'écarter. Nous sommes liés l'un à l'autre. Tu es ma compagne. Je ne supporte pas….

- Léo va-y, tu sais que quoi qu'il arrive je te soutiendrai et j'adhérerai à tes décisions. Je t'aime.

Léo sourit, alors qu'il ne l'avait pas fait depuis bien longtemps. Mais ce sourire ne venait pas d'une quelconque gaîté, au contraire, il venait d'une sorte de désespoir. Arriverait-il à s'extirper de son destin et des problèmes ? Tout était si lourd autour de lui, trop lourd peut être pour ses frêles épaules.

Puis il partit. On l'attendait de pied ferme. Il le savait.

\*

La salle avait changé d'aspect et se révélait comme une véritable salle de commandement avec en son centre une table ronde et de lourdes chaises en fer forgé. Gérôme se tenait entre deux autres vampires inconnus, puis Léo reconnut Mnémis. Il s'avança de suite vers lui pour le saluer. Il était superbe avec ses vêtements de couleurs vives.

- Bonjour Léo. Ravi de te revoir, murmura Mnémis, toujours aussi droit et digne.

- Bonjour Mnémis. J'aurais aimé qu'on se voie dans d'autres conditions, mais voilà, l'heure est grave. Izabel se repose mais elle serait ravie de vous revoir.

- Ne t'inquiètes pas nous aurons tout le temps. Mnémosté, Galel et bien d'autres sont aussi du voyage.

Gérôme regardait les retrouvailles puis se retourna vers l'entrée. Léo suivit son regard. Un vampire blond aux yeux d'un bleu très clair entra avec à ses côtés une jeune vampire que Léo reconnaissait, Sylla. Elle n'était plus ce vampire affaibli du cachot. Ses cheveux brillaient comme les blés et un sourire éclatant illuminait son visage. Sylla avait retrouvé son compagnon Alban.

Alban s'approcha de la table et tous s'assirent.

Il jeta un regard à Léo, puis intervint en premier.

- Bonjour Léo Dalcan. C'est donc toi. Si tu savais depuis que j'entends tes aventures. Je suis ravie de faire ta connaissance.

52

Et il se retourna vers sa compagne

- Sylla m'a aussi parlé de vous et de votre bienveillance. Je sais qu'il aurait suffi de peu pour qu'elle ne soit plus à mes côtés aujourd'hui et je vous en remercie.

Gérôme tenait ses mains posées à plat sur la table tandis que Mnemis caressait un sable imaginaire.

- Trêves de courtoisie, coupa Gérôme, nous devons faire le point et nous mettre en marche.

- Très bien, annonça Alban, il faut donc récupérer le dernier sceau, sans lui nous ne pourrons rien entreprendre

- C'est sûr, affirma Mnémis.

- Plus facile à dire qu'à faire, vous savez comme moi qu'il est encore chez Vladimir, rappela Gérôme.

- C'est pourquoi nous avions établi ce premier plan d'attaque et nous le poursuivrons. Léo doit récupérer son sceau.

A ces mots, Léo qui ne pouvait que suivre la conversation sans intervenir se sentit un peu trahi. Il apprenait maintenant des choses qu'on lui avait cachées.

- Quoi ? J'aurais bien aimé être au courant. Vous me cachez encore beaucoup de choses ? tapa du poing Léo sur la table.

- Gérôme, pourquoi l'avoir caché à Léo ? s'indigna Alban.

- Il est top jeune, trop fougueux, je ne savais pas s'il pourrait supporter cette situation. Il est le plus jeune d'entre nous. Il doit être épaulé, guidé. Il n'a pas reçu son enseignement.

- Pourtant Léo l'a prouvé à mon peuple, il est vaillant et puissant, insista Mnémis. Jamais nous n'aurions pu nous retrouver aujourd'hui sans lui. Nous serions peut-être tous morts décimés par le virus de Cruz.

Léo commençait à bouillir. Il avait l'impression d'être transparent et inutile. Pourquoi fallait-il qu'on complote sans lui et qu'on lui cache des choses.

- Sans Léo, officiellement avec nous, nous ne ferons pas le poids contre Vladimir rajouta Mnémis, se grattant la barbe.

- Il manque deux sceaux en fait, Vladimir en possède deux vous le savez comme moi, Léo n'aura de poids qu'avec son sceau ?

- Mais quel sceau, pourquoi il me revient. Je n'en peux plus, répondez à mes questions, cria Léo mais personne ne semblait l'entendre.

Mménis leva les mains pour calmer le jeu.

- Le problème des sceaux sera bientôt résolu. J'ai missionné comme convenu quelqu'un pour s'en emparer.

- Mais qui as-tu trouvé d'assez fort et surtout de confiance pour le faire Mnémis ? demanda Alban.

- Je ne peux vous le dire mais rassurez-vous, la mission est entre de bonnes mains.

- J'aurais dû aller chez Vladimir pourquoi avoir envoyé quelqu'un d'autre ? Vous n'avez pas confiance. Je ne sais pas ce que je fais là.

Et Léo se leva, faisant mine de partir. Il avait envie de tout casser. Après toutes les épreuves et son engagement en sacrifiant son propre amour… Léo ne tenait plus en place.

Alban se leva aussi. Il tenait toujours la main de sa compagne.

- Léo… revient. Nous ne te mettons pas de côté de gaîté de cœur. Nous souhaitons te préserver. Il faut que tu restes vivant pour accomplir ta destinée.

- Mais quelle destinée, reprit Léo. On me donne quelques bribes de-ci de-là, mais je ne sais toujours pas qui m'a créé et quelles sont mes origines. Et maintenant, vous me parlez de destinée ? Il faudrait peut-être tout me dire maintenant.

- Dracus a déjà perdu la vie alors qu'il devait t'éduquer, sûrement pour te sauver. Nous devons te protéger.

- Alban a raison, c'est une question de quelques heures. Bientôt nous aurons tous les sceaux et Vladimir partira en fumée. Ce ne sera plus que du passé. Nous pourrons oublier son despotisme et vivre libres sans crainte de représailles cruelles à tout va, conclut le sage Mnémis, incitant d'un geste Léo à se rasseoir à leur table.

Enragé, Léo avait néanmoins appris une chose importante. Dracus l'avait donc créé. Mais pourquoi avait-on alors raconté dans les légendes que Dracus était mort en se battant contre les hommes sur l'Île de Pâques ? Il avait perdu la vie après avoir créé Léo mais comment ?

Les questions se bousculaient. Léo se dit qu'il aurait du savoir tout ça plus tôt. Quelque chose ne tournait pas rond dans le comportement de Ménmis. On lui cachait encore beaucoup trop de choses. Léo ne voulait pas être seulement un pion.

## 10. La colère

Léo quitta le conseil tout de même. Comment se sentir utile alors que cette réunion de vampires avait déjà tout planifié ? Léo se sentait de côté. Il était peut-être une pièce maîtresse, mais une pièce qui devait rester silencieuse et ne pas poser de questions dérangeantes. Ce n'était pas dans la nature de Léo de se taire et de ne pas chercher des réponses. Au contraire, il voulait faire la lumière sur son rôle à jouer et son passé.

Il avait besoin de parler. Une seule personne pouvait le comprendre. Alors il courut dans les couloirs pour retrouver Izabel. Elle lui était essentielle.

Il ouvrit la porte de leur chambre, heureux de la retrouver.

Un silence fit échos à son entrée fracassante. Izabel n'était pas là. Léo ne comprenait pas. Elle devait se reposer. Où était-elle ? Jamais elle ne serait partie sans lui. Le conseil avait bien sûr duré plus longtemps que prévu, mais il pensait la retrouver.

Léo arpenta les couloirs cherchant Izabel. Personne ne l'avait vu. Tout le monde savait qui c'était bien sûr, Léo et Izabel étaient connus.

Izabel n'était plus dans les caves, Léo devait s'y résoudre…

Soudain, il mit bout à bout les indices. Il se concentra sur les faits et les dires.

Il comprit.

Un éclair de lucidité lui mit la terrible vérité devant les yeux. Peut-être n'avait-il pas voulu voir. Pourtant, c'était évident avec le recul.

Izabel, c'était Izabel qui était partie en mission chez Vladimir pour récupérer les sceaux. Elle connaissait les lieux. Elle était puissante et redoutable. Mnémis lui faisait confiance. C'était une évidence.

57

Comment Mnémis avait pu la laisser y aller seule ? Elle risquait sa vie.

Léo, furieux, ne tenait plus en place. Peut-être ne croyait-il même plus en cette révolution. Les révolutionnaires n'utilisaient-ils pas les mêmes stratagèmes que Vladimir? Vladimir avait utilisé Sylla comme eux utilisaient Izabel. Comment l'avaient-ils convaincu de se sacrifier pour une telle mission autrement que par amour, en jouant sur ses sentiments les plus intimes, et son attachement à Léo.

Léo voulait maintenant partir pour aider Izabel.

Il se mit à courir. Quand il passa non loin du conseil une étrange lumière l'attira, une sorte de halo blanchâtre. Sa curiosité tempéra son envie immédiate de partir. Il s'approcha de la salle du conseil et par l'entrebâillement de la porte, il perçut une scène incroyable.

Mnémis et Alban, les mains levées se tenaient face à face. Leurs sceaux émettaient des sortes de lasers bleus transparents. En leur centre s'était formée une image, sorte d'hologramme. Léo n'en crut pas ses yeux. C'était Izabel et Vélis qui avançaient tous deux dans le palais de Vladimir.

- Arrêtez !!!!!!!!!!!! hurla Léo, fou de rage.

L'image se brouilla pour disparaître en fumée. Les vampires se retournèrent vers Léo et rabaissèrent leurs bras.

Gérôme, les bras croisés, assistait aussi, impassible, au spectacle.

- Vous n'aviez pas le droit ! Continua Léo.

Il prit son élan et sauta sur la table en ébène qu'il fendit en un instant. Sa force avait réellement décuplé depuis quelque temps et ce n'était pas seulement dû à sa haine.

- Vous ne faites que manigancer derrière mon dos depuis le début. Et toi Mnémis comment as-tu pu ?

Léo renversa les verres de la table dans un fracas cristallin. Il n'était plus maître de lui-même.

- Mais je vais la rejoindre, moi. Je ne vais pas attendre qu'elle se fasse déchiqueter par Vladimir. Vous l'avez envoyée dans la gueule du loup, et sans scrupules…

Mnémis, Gérôme et Alban se jetèrent deux trois regards.

Deux vampires attrapèrent Léo par surprise dans son dos. Il n'avait même pas pris de précautions pour se défendre, seule son explosion de colère comptait.

Ils lui tinrent les mains dans le dos. Léo se débattait, vociférait, mais il savait bien qu'au final, il n'aurait pas le dernier mot. Ces vieux vampires, héritiers des sceaux royaux avaient plus d'un tour dans leurs sacs. Le maîtriser n'était qu'un détail dans leur combat à mener.

Léo fut traîné sans ménagement jusqu'à un cachot comme un vulgaire prisonnier. Il croisa le regard de Sylla avant que la porte du conseil ne se ferme. Il en disait long. Sylla comprenait sa colère, comprenait aussi le courage d'Izabel. Mais elle se tut. Il ne fallait pas contrarier leur unique projet commun, la révolution et l'anéantissement de Vladimir.

Même si la cause était véritablement bonne, les moyens mis en oeuvre étaient contradictoires. Léo avait l'impression d'être tenu éloigné. Il n'avait toujours pas de réponses sur ses origines comme si on lui cachait express.

Une fois enfermé, Léo ne put que rester immobile à réfléchir. Il espérait secrètement avoir de nouveau ses flashs. Il en avait besoin pour tenir le coup. Il devait faire le vide et se concentrer.

## 11. De retour chez Vladimir

Izabel était sur ses gardes. Ce lieu ne lui inspirait que de mauvais souvenirs. Avec Léo, ils s'y étaient déjà rendus pour y rencontrer Vladimir. Léo avait accompli sa mission et devait se présenter devant le roi, mais ce dernier avait d'autres projets pour lui et ne voulait le libérer de son joug. Vladimir aurait voulu l'avoir à ses côtés.

Vélis gardait en permanence son glaive levé. Pourtant le palais était désespérément vide. Tous les vampires avaient largué les amarres aucune trace des sbires de Vladimir ni de leur maître. Leurs pas résonnaient dans le vide. Ce signe n'avait pas forcément que du bon. Peut-être étaient-ils déjà tous en marche vers Paris ?

Leur avancée et leur entrée dans le château avaient été d'une facilité impensable. Ils arrivaient maintenant dans la salle du trône de Vladimir, toujours aussi lugubre.

- Attends Izabel, j'entends quelque chose…

Un grincement venait effectivement de derrière un grand rideau de velours pourpre. Une porte entrebâillée frottait au sol. Une légère brise, fraîche s'en échappait et battait le rythme. Izabel et Vélis approchèrent. Cette porte semblait venir d'une cachette habituellement fermée à clef. La clef d'ailleurs scintillait sur le sol. Un long couloir donnait sur une série de petites pièces, leurs portes avaient toutes des petites ouvertures, pas plus grandes qu'une pièce pour pouvoir voir à l'intérieur. Izabel hésita. Vélis lui fit un geste pour lui donner confiance. Alors, elle appuya doucement son visage contre la première porte et son oeil dans l'ouverture.

Elle s'écarta sur le coup, surprise par ce qu'elle voyait. Des humains mourants étaient entassés les uns à côté des autres. Ils n'avaient que la peau sur les os. Sans doute ne les avait-on pas nourris depuis longtemps. Izabel bifurqua rapidement, de porte en porte et la scène se reproduisit. Des femmes, des enfants, des hommes... Malheureusement il n'était plus possible de les sauver. Izabel plaignait leur lente agonie. Elle leur rappelait le calvaire des vampires atteints de la maladie de Cruz chez elle. Leur vie ne tenait qu'à un fil invisible prêt à se briser à tout moment. Bien sûr dans ses petites pièces, il y avait déjà de nombreux cadavres. Tout au bout, d'autres pièces plus petites étaient réservées à quelques vampires. Ils avaient été tellement affamés et torturés qu'ils ne pouvaient plus se régénérer. Ils avaient dû ressentir d'atroces souffrances.

Les visages de Vélis et Izabel se crispaient. Ce château était le château de la mort, un vrai mouroir. Mais pourquoi les avait-on abandonnés ainsi dans de telles tortures ? Izabel comprenait combien leur combat était juste. Elle n'avait plus de doutes maintenant. Plus ils avançaient et plus les découvertes renforçaient son intime conviction. Il fallait faire tomber Vladimir.

Au bout d'un couloir plus sombre, un grand mur en pierre arrêta Izabel et Vélis. Ils se regardèrent d'un oeil complice. Ils avaient sûrement trouvé ce qu'ils cherchaient. Izabel toqua sur le mur en plusieurs endroits jusqu'à ce que cela sonne creux. A cet endroit une pierre était plus en relief que les autres. Izabel appuya sa paume dessus avec une extrême concentration. Soudain, une partie du mur s'ouvrit en coulissant.

Ils avaient trouvé le coffre. Izabel pensa que cela n'avait pas été si dur finalement.

- On tient notre coffre Izabel, dit Vélis en souriant.

- Comment savais-tu que ce serait ici ? demanda Izabel.

- Pendant plusieurs années, j'ai vécu ici. Je me suis fait discret et j'ai observé les habitudes de Vladimir et ses troupes. Ce long couloir ne pouvait mener qu'au coffre. Il n'y avait pas d'autres issues. Bien sûr je n'avais jamais vraiment eu la preuve, n'ayant pu le voir de mes yeux, mais ce ne pouvait être autrement.

Izabel attrapa un objet au fond de la cachette et le tendit vers Vélis.

- C'est donc cela que nous cherchions. C'était presque trop évident, trop facile.

Et un sceau en or monté sur une bague inonda la pièce de sa brillance.

- Le sceau… le sceau royal, murmura Izabel subjuguée par sa beauté.

- Izabel !! cria Vélis

Izabel eut seulement le temps de se projeter au sol. Deux sous-fifres de Vladimir sortis de nulle part les attaquaient. L'un d'eux venait de manquer de peu Izabel avec sa lance aiguisée, qui reposait brisée au sol.

Vélis se débattait avec l'autre, le glaive haut. Ils tanguaient tous les deux de droite à gauche comme dans une danse de salon, mais leurs gémissements trahissaient leur haine mutuelle.

Izabel de son côté s'était relevée et eut juste le temps de poser le seau dans sa poche. L'ennemi l'attrapa. Elle se débattit avec vigueur et lui asséna un coup de pied dans le ventre. Ce qui eut pour effet de le projeter contre le mur de pierre. Le vampire eut un sourire malsain. Cette bagarre l'amusait au plus haut point. Peut-être était-ce de se retrouver en face d'une amazone. Izabel se poste en position de défense, les pieds bien encrés dans le sol, toutes dents dehors. Le vampire se jeta alors sur elle en une rafale de coups de poing. Izabel les évita un à un avec sa grâce habituelle. Féline, elle esquivait en ondulations furtives. Plongeant parfois au sol pour enrouler son corps et le détendre en bondissant sur son enne-mi. Bientôt, lui n'affichait plus son sourire de vainqueur mais un rictus de fatigue. Izabel pouvait se battre ainsi des heures durant. Lui n'avait l'air que d'un chien de garde au ventre bedonnant. Iza-bel voulait mettre fin à son calvaire. Elle attrapa au sol le bout de la lance brisée et l'enfonça dans le cœur du malheureux. Il partit en un nuage de fumée grisâtre.

Vélis était lui en plus mauvaise posture. Son assaillant sem-blait plus rompu aux arts martiaux et l'avait désarmé. Izabel fonça sur eux dans un miaulement.

Izabel attrapa un des bras du vampire ennemi et le secoua. Mais il avait lui-même attrapé Vélis par les cheveux et s'y harpon-nait violemment. Vélis parvint à se détacher d'un geste brusque, s'assomma au mur et des mèches blondes tombèrent sur le sol. Le vampire ennemi attrapa alors Izabel et l'étrangla.

Izabel voyait sa fin arriver. Tout avait paru si facile jusque-là. Elle allait succomber dans ce château de la mort. Au moins elle avait fait tout ce qu'elle avait pu pour Léo. Elle donnerait sa vie. Elle l'avait promis.

## 12. Un appui sans failles

Izabel reprit ses esprits. Jamais elle n'avait appris à abandonner. Elle tangua à droite puis à gauche de toutes ses forces pour essayer de faire vaciller le vampire. Dans un éclat blanc, la tête du vampire ennemi se détacha de son corps, tranchée nette et roula aux pieds d'Izabel. Elle eut envie de lui cracher dessus comme le ferait de son venin un cobra haineux. Mais elle ne craignait plus rien maintenant.

Elle releva la tête. Vélis lui faisait face, ses mèches blondes brillaient, comme irradiant la pièce. Le combat avait été acharné. Izabel décela une certaine beauté chez lui.

Si souvent elle l'avait trouvé de marbre, comme tous les messagers de Vladimir, mais ici il semblait plus vivant que jamais. Peut-être était-ce parce qu'il s'était affranchi de ce roi trop autoritaire et dédaigneux. Vélis offrait ses forces à une noble cause et devenait un vrai chevalier comme au temps des expéditions des croisés. En fait, Vélis rappelait à Izabel les images qu'elle avait vues tant de fois dans les livres d'Histoire, narrant le temps des croisades. Ses chevaliers quittaient tout, vivaient pauvrement, laissant de côté leurs privilèges de la noblesse pour partir sur des terres inconnues se battre et défendre leur foi. Les muscles saillants, le regard déterminé, le torse bombé, Vélis ressemblait à un preux chevalier.

Izabel fit un signe de contentement de la tête vers Vélis. Ils pouvaient enfin continuer leur chemin.

Cependant, Vélis lui tendant la main pour se relever fit une pause pour lui parler. Ce n'était pas son habitude, les discours, mais son regard était grave ;

- J'avais promis de t'aider, je ne te laisserais pas. Il y a des causes justes et maintenant que je peux enfin me libérer et être moi-même. Je sens mes forces décupler. J'étais un vrai robot, un serviteur de Vladimir. Je pouvais tuer n'importe qui. Mais je comprends mieux le sens de ma vie et ma destinée. J'ai fait un choix et j'irai jusqu'au bout…

- … jusqu'à y perdre la vie.

Izabel finit sa phrase, résonnant aussi à sa propre existence.

- Je savais que Léo n'était pas que ce vampire malhabile que j'ai vu pour la première fois sur les quais de Seine. J'ai eu comme une intuition.

Izabel se sentit soudain fière de son compagnon. Bien sûr, traverser tant d'épreuves était risqué, mais Léo portait quelque chose en lui. Vélis ne venait que confirmer ce qu'elle pensait déjà. Si elle s'était rendue ici au château de Vladmir sans lui dire, c'était bien pour aider Léo. Jamais il ne l'aurait laissée partir. Il l'aurait empêchée, quitte à l'enfermer peut-être. Izabel eut une pensée pour Sylla, elle aussi se donnait corps et âme pour son compagnon. Elle était désormais si proche de celle qu'elle avait haie, manquant la tuer même.

- Des troupes du roi Valdimir sont en marche sur l'Europe. Il sait que les autres détenteurs des sceaux royaux sont réunis et complotent. Il veut les frapper en plein cœur.

- Mais comment a-t-il pu le savoir ? S'indigna Izabel en lançant sa chevelure en arrière.

- Un vieux vampire rapporte faits et gestes à Vladimir depuis bien longtemps. Il est ses yeux et ses oreilles. Il a un pouvoir qui lui permet d'être en contact même à des kilomètres de distance. Il ne porte pas Léo dans son cœur d'ailleurs, je l'ai entendu plusieurs fois le citer de façon négative auprès du roi.

Izabel hocha la tête.

- De Roquemaure… c'est évident… encore lui.

- Oui. Un être pervers, maléfique et si proche de Vladimir. Il connaît tous vos projets bien évidemment. Tu as le sceau ?

- Bien au chaud. Nous devons rentrer au plus vite.

- Ne perdons pas une minute alors, dit en souriant Vélis.

Il semblait des plus confiants. Ils se mirent à courir en direction de la sortie lorsqu'un barrage de deux nouveaux ennemis les stoppa net. Ils se regardèrent. Sans se parler, ils se divisèrent les tâches. Leur complicité devenait exceptionnelle.

Izabel fonça sur le plus petit aux yeux rouges sang. Il semblait mourir de faim. Elle attrapa son bras et le fit tournoyer au-dessus d'elle avant de le propulser contre le mur. Ce fut un jeu d'enfant. Vélis lui, tombait en face d'un mastodonte aux dents en or. Il grognait comme un ours. Sa chevelure rouge lui descendait à la taille. Vélis para trois coups de poing. Le monstre roux sortit alors une hache, la même que les trolls des tréfonds. Ce dernier fit du zèle en la faisant virevolter au dessus de sa tête, laissant sortit ses biceps saillants.

Au premier retour de hache sur Vélis, le monstre se félicité de l'avoir frôlé. Puis le temps de sa fière réflexion, Vélis s'agrippa à son poignet, lui retourna et utilisa sa propre arme vers lui. En un jet il fendit le monstre en deux. Le troll géant se consuma sur le sol tandis que Vélis sauta au-dessus de sa dépouille. Il fallait avancer coûte que coûte. Faire le plus vite possible.

Ils arrivèrent au seuil du château sans plus de difficultés. Le plus gros des troupes était vraiment parti pour l'Europe.

Sur le seuil, Vélis arrêta un instant Izabel dans sa course.

- Seuls les sceaux réunis peuvent venir à bout de Vladimir, arrêter la bataille et détrôner cet usurpateur. Il faut arriver avant que cela ne dégénère et que les troupes ne soient lancées les unes contre les autres, sinon cela finira dans un bain de sang. Seuls les sceaux peuvent permettre de gagner sans perdre un seul vampire.

A ses mots, Izabel savait que Vélis parlait de Léo.

- Mais comment sais-tu tout cela ?

- Ici j'ai pu entendre les rumeurs qui parlaient du temps jadis. Il y aurait déjà eu des combats. Vladimir aurait obtenu le trône par la force, pliant les vampires sous ses ordres par delà le monde. Un temps exista où les vampires vivaient égaux sans roi à leur tête. Je n'y croyais pas au début, mais les bouts du puzzle mis bout à bout m'ont forgé une intime conviction. Nous devons au plus vite rejoindre nos amis.

Izabel plongea ses beaux yeux dans le vide, comme si elle partait ailleurs. Elle aurait voulu atteindre en quelques secondes Léo et lui dire tout ce qu'elle avait appris. Si seulement il y avait un moyen d'aller plus vite. Chaque minute, chaque seconde comptait.

- Et si nous n'arrivions pas à temps...

Vélis posa sa main sur l'épaule d'Izabel. Un geste réconfortant et si doux à la fois. Elle se tourna vers lui, ses cheveux dansant dans le vent.

- Partons... Il n'est plus temps de réfléchir, mais d'agir. Il faut croire en toi, en nous...

Un instant Izabel crut percevoir un regard différent détailler les traits fins de son visage. Vélis s'en rendit compte et se reprit. Il ôta sa main et fit un signe de la tête. Le signe du départ.

Ils se mirent en route au pas de course. Izabel essaya de ne plus regarder dans sa direction et de se concentrer sur leur mission. Rien ne devait venir troubler leur retour

## 13. Réminiscences

Tête face au mur, Léo ne pouvait que lire les milliers de mots écrits par d'autres vampires enfermés avant lui dans ce cahot. Les inscriptions faites à la douleur de leurs ongles recouvraient quasiment l'intégralité de la cellule. Des noms, des dates, des appels au secours. Il y avait eu ici des condamnés, mais aussi peut-être des prisonniers temporaires qu'on voulait faire plier. Comment Léo pouvait il à présent être lui aussi otage et non plus acteur ? Il y avait tant à faire, l'heure était grave.

Léo frappa un grand coup contre un des remparts de sa geôle sans grand effet. Seul un son lourd résonna en écho. Il ne pouvait s'empêcher de penser à Izabel. Comment allait-elle ? Elle n'aurait pas dû partir au château de Vladimir. C'était bien trop dangereux. Léo s'en voulait de n'avoir pas su la retenir et surtout qu'elle ne l'a pas mis au courant avant. Était-ce par un manque de confiance ? Voilà que Léo se creusait la tête et délirait sur ce qu'il fallait faire et ne pas faire. Le danger pourtant avait toujours été présent. Mais là, il avait comme une mauvaise impression. On lui cachait des choses. Cela ne pouvait en être autrement. Mais pourquoi ? Pourtant il s'é-tait déjà engagé à combattre contre Vladimir. Il ne reviendrait plus sur sa décision. Il avait déjà prouvé qu'il était un vaillant vampire et surtout honnête.

Soudain, Léo sentit une présence qu'il reconnut. Mnémis s'approcha doucement de la petite grille qui ne laissait entrevoir que son visage. Léo s'y colla, le regard furieux.

- Pourquoi Mnémis ?

Ce dernier posa sa main contre la porte et chuchota.

- Je suis désolé mais j'étais obligé de l'envoyer pour notre peuple.

- Pas Izabel, vous aviez d'autres vampires sous la main.

- Si Léo, c'était la seule qui pouvait s'y rendre. Vous êtes les seuls à être revenus sains et saufs depuis longtemps de chez Vladimir. Elle pouvait donc trouver ce que nous cherchions, avec sa première expérience pour la guider.

Léo grogna.

- Première expérience ! Nous avons failli mourir là bas. Et c'est ce qu'elle risque. Elle se jette dans la gueule du loup. Nous vous avons sauvé Mnémis et votre clan. Vous avez le mémoire courte. Pourquoi me trahir ?

Mnémis ferma son poing en cognant contre la porte.

- Je ne vous ai point trahi Léo. Tu sais combien je te suis reconnaissant pour tout ce que tu as fait pour mon clan, mais il y a des raisons plus fortes que celles-ci. Nous devons mettre un terme au règne de Vladimir. Ce sera bientôt terminé. Puis… j'ai confiance en Izabel. C'est la meilleure de mon clan. Elle reviendra…

- Mais vous ne pouvez en être sur ! Elle a seulement accepté pour moi.

Un bruit retentit au loin, un tintement aigu.

- Je dois y aller.

Mnémis s'enfuit dans un souffle.

Léo tendit l'oreille. Il avait un pressentiment. Cette agitation était inhabituelle.

Des combats… Des sons d'épées et de chocs violents lui parvenaient maintenant clairement.

Le temps lui parut si long. Impuissant. Enfermé comme un pestiféré dans ce maudit cachot. Quelque chose se passait non loin mais Léo ne pouvait, même en tendant l'oreille, comprendre ce qui se passait.

Un vampire apparut tout d'un coup, là, dans un éclair de lumière. C'était Gérôme. Il était si vif et rapide. Il se planta devant Léo.

- Nous venons d'être pris d'assauts par une horde de soiffards à la solde de Vladimir. Ne t'inquiète pas Léo, tout est rentré dans l'ordre.

- Rentré dans l'ordre, rentré dans l'ordre… Tout ceci n'est pas normal…

Gérôme se mit à rire.

- Normal, crois-tu que tu puisses avoir une vie normale ? Vladimir n'a pas envoyé ses sbires pour rien. La guerre est en marche. Ils n'étaient qu'une poignée. Et même surentraînés, ils ne faisaient pas le poids contre nous.

Léo réfléchit un instant.

- Vladimir ne laisserait pas quelques hommes venir ainsi. Il doit y avoir autre chose derrière cette attaque.

Gérôme se retourna prêt à repartir.

- D'autres vont venir... Ce sont des armées qui se soulèvent.

- Vous aurez besoin de moi laisse moi sortir !

Léo se mit à frapper de toutes ses forces sur la grille qui le séparait de la liberté.

Gérôme avant de s'évaporer n'eut qu'un mot pour Léo qui résonna dans le couloir.

- Patience !

- Nooonn ! Ouvrez-moi !! Vous n'avez pas le droit de me tenir enfermé ici ! cria de toutes ses forces Léo mêlant rage et colère.

Léo se laissa tomber au sol comme une feuille morte. Sa tête cogna fort contre la pierre mais cette souffrance n'était rien comparée à celle qu'il ressentait à l'intérieur. Soudain, ce fut le noir complet autour de lui, comme une page qui se tournait dans sa conscience.

Léo voyait comme dans un film des images en couleurs. Sur lui, un vampire se relevait, les lèvres ensanglantées, ornées d'un sourire de jouissance. Ce vampire inconnu s'essuya la bouche du revers de sa manche puis sauta pour se remettre sur pied dans un geste souple et silencieux. Il paraissait si grand que Léo comprit que dans ses visions, il était lui-même sûrement à terre. Il ressentait comme des coups de glaive dans son cou et l'infini poison qui s'emparait de son corps. Ses membres, son tronc, sa peau sur toute la surface de son corps devenaient aussi froide que le trottoir ou il reposait. Ce devait donc être Dracus...

Sa naissance... Il revivait sa naissance dans le monde des vampires.

D'autres images lui revenaient comme dans un rêve sans fin. Léo ressentait une extrême jouissance. Le sang juteux et sucré se répandait dans sa gorge comme une gourmandise interdite. Le souffle de vie courrait dans ses propres veines, des âmes qu'il avait arrachées de ça, de là.

Puis soudain une vision d'horreur, trois petites filles d'à peine quelques années d'écart au sol aux côtés de leur mère. Leurs visages étaient pâles comme des poupées de porcelaine. Elles semblaient dormir, oui, mais pour une nuit éternelle. Leur mère, le corset arraché, devait allaiter son petit au moment où Léo avait fait irruption dans leur maison. Son sein mort pendait, quelques gouttes de lait s'en échappaient. Le petit, accroché aux bras de sa mère n'avait sûrement que quelques semaines. Il cherchait le sein, pour l'instant épargné par Léo et sa soif sans limites. Le petit se mit à gémir. Léo entendait ses veines palpiter sous sa peau de bébé transparente. Il ne pensait plus qu'à ça. Lui aussi voulait le boire jusqu'à la dernière gorgée. Un être tout neuf, tout propre, plein de vitalité... Puis Dracus apparaît, il l'exhorte avec autorité de le suivre. Léo ne sait pas pourquoi il s'exécute. Il a tant soif. Ces idées ne sont pas claires, mais il doit obéir à son maître.

L'image d'après, Léo court dans une folle échappée dans ce qui ressemble à des égouts. Devant lui, son maître lui montre le passage. C'est Dracus encore. Des mots résonnent. « Vas-y, rejoint un des boyaux, je m'en occupe ! Je n'en aurais pas pour longtemps. Il ne t'aura pas ». Dracus fait signe à Léo de partir. Léo s'exécute n'ayant pour seul repère à l'époque son maître.

D'autres images... Dracus est assis avec en face de lui De Roquemaure. On dirait qu'ils ont toujours vécu ensemble. Dracus et De Roquemaure semblent vivre comme des compagnons. Léo est étendu au sol. Il perçoit tous les mots et entend encore une fois une saisissante-vérité. De Roquemaure rit aux éclats ;

- Bien sûr ça ne se voit pas encore, mais ce Léo Dalcan saura te satisfaire. Il apprendra vite. Depuis qu'il est né, je l'observe. Je vois en lui cette puissance à venir, ce feu. Il brûle à l'intérieur de lui. Il aura un don incroyable. Il est parfait pour toi.

72

- Merci mon ami de cette offrande généreuse. Tu sais depuis combien de temps j'espère me mettre en retrait de cette vie de tempêtes. Je veux me trouver une vraie compagne et profiter un peu. Je suis ici à Paris en retraite, dans le plus grand secret. Quand j'aurai fini de l'éduquer, ce Léo pourra prendre ma place. Il héritera de mon sceau et de son pouvoir…

Puis place au noir, au brouillard.

Des bruits de combats lui parviennent. Léo a soif, très soif. L'eau qui éclabousse, des tapes sur les murs comme si l'on projetait des pierres… Léo a besoin de son maître. Il veut retourner auprès de lui, mais il est stoppé par une vision atroce. Et il se cache alors tout en observant la scène. Son maître Dracus gît à terre, les membres disloqués, sa tête à un mètre de là bouge dans les remous de l'eau nauséabonde. Un vampire se penche sur Dracus. Léo reconnaît encore de Roquemaure. L'ignoble murmure : « Vladimir sera content d'apprendre ta mort Dracus. Vive le roi Vladimir ! Et jamais personne ne se doutera que tu avais choisi ton successeur. Il finira perdu dans les rues de Paris, en vampire anonyme.»

Léo tremble. Il ne contrôle plus son corps. Il observe De Roquemaure une dernière fois, ce dernier arrache quelque chose de la main ensanglantée de Dracus. Le sceau. C'est le sceau des rois.

Un éclair et Léo est revenu à lui. Confondant le rêve et le présent, il est pourtant plus lucide que jamais. Léo a compris le mystère de la mort de Dracus. Par le passé Vladimir s'était déjà servi de De Roquemaure pour accomplir ses basses besognes. Il ne pourrait jamais en être vraiment inquiété. Personne ne saurait lier la disparition de Dracus à Vladimir. Pour tous, Dracus avait mystérieusement disparu en Océanie. De Roquemaure connaissait déjà Léo, l'avait même choisi. Vladimir avait trahi Dracus pour Vladimir. Ils semblaient pourtant si proches dans ces premiers souvenirs. Comment De Roquemaure en était venu à tourner le dos à Dracus et même à le tuer ? Il semblait avoir changé. Peut-être que Vladimir lui avait fait des promesses. Vladimir avait beaucoup d'ambition. Il était en tout cas devenu cruel.

Léo comprenait mieux pourquoi De Roquemaure c'était fait un malin plaisir à essayer lui-même de tuer Léo en Amazonie. Il avait une certaine revanche à prendre. Jamais il n'aurait pensé, en fait, que Léo s'en sortirait seul à Paris en étant un si jeune vampire, pas encore éduqué. Il était une proie facile pour les autres rats vivants dans les caves de Paris.

Pourtant Léo avait réussi. Il était là. Il avait sans doute eu une force incroyable. Peut-être ce don dont tout le monde parlait, mais qui ne s'était encore jamais révélé à lui.

Léo frappa de toutes ses forces sur les grilles. La rage lui prenait le ventre. Il avait envie de tout casser et de serrer dans ses mains le cou de De Roquemaure. Ce n'était qu'un traître. Il avait assassiné un vampire honnête et droit, et ce crime valait bien un châtiment atroce. Léo se promit de lui affliger lui-même. Bien que d'ordinaire peu pervers, Léo voulait sa vengeance.

- Laissez-moi sortir ! rugissait Léo.

Izabel était seule à combattre et De Roquemaure pouvait s'en prendre à elle. Il était si malsain, si vicieux. Il devait certainement déjà savoir grâce à ses pouvoirs que Léo restait impuissant dans cette cage. Même si Izabel arrivait à trouver le sceau avec Vélis, De Roquemaure pourrait les visualiser et utiliser sa puissance contre eux. De Roquemaure avait réussi à tuer Dracus, qui pouvait se mettre en travers de sa route ? se dit Léo.

Il hurla encore bien longtemps ainsi, puis se laissa tomber le long du mur...

## 14. Le sacrifice

Des pas se firent entendre. Léo se releva immédiatement. Il planta ses jambes de plus en plus solides dans le sol et se mit en position de défense. Il s'attendait à tout. De Roquemaure pouvait arriver et le tuer si facilement dans cette cage. A travers la grille, Léo n'avait que très peu de solutions de repli. Mais il se sentait prêt à tout. Prêt à donner des coups. Prêt à mourir.

Soudain un visage connu apparut derrière la grille.

- Léo !!!

Le doux visage d'Izabel venait de se coller contre la cage. Elle tendait ses mains pour le toucher comme si c'était un rêve éveillé.

- Mon Léo…J'ai eu si peur. Je ne savais pas où tu étais.

Léo lui rendit ses caresses au travers des fers et il crut voir une larme dans les yeux de sa belle.

- Je suis si heureux de te revoir Izabel… On m'a jeté là… J'aurais voulu…

Izabel fouilla dans son petit sac en bandoulière aux couleurs de ses vêtements ethniques.

- Attends…Léo, attends…

Dans sa main droite brillait un trousseau de clefs qui cliquetait. Elle l'enfonça dans la serrure. La première clef ne fut pas la bonne mais au bout de trois essais, un clac retentit et la porte de la geôle s'ouvrit. Izabel sauta dans les bras de Léo, avec tant de force que ce dernier recula de trois pas en arrière et se retrouva dos au mur. Ils s'embrassèrent avec fougue faisant fis quelques instants du compte à rebours. Ils avaient eu si peur l'un pour l'autre.

- Il faut que nous allions dans la salle du conseil.

Léo voulut embrasser une nouvelle fois Izabel mais elle fut plus froide et s'écarta.

Une silhouette bien connue apparut derrière eux, c'était Vélis.

- Vélis, mon ami, tu as donc accompagné Izabel. Je te dois sûrement le fait qu'elle ait pu revenir de chez Vladimir. Merci Vélis.

- De rien Léo Dalcan, nous devons faire vite. Passez devant.

- Attend Léo, tiens…

Izabel remit dans la paume de Léo un des seaux qui a été dérobé chez Vladimir. Léo fit un signe de la tête et ils s'élancèrent tous trois dans les couloirs de ce labyrinthe sous terrain. Léo devant les guidait.

Soudain, au détour d'un couloir, ils tombèrent nez à nez avec De Roquemaure. Le malicieux était là, en face de Léo, le regard plein de mépris pour le jeune vampire.

- Alors voici ce cher Léo Dalcan… ricana De Roquemaure…

Les trois vampires se mirent sur leurs gardes prêts à attaquer. Izabel montrait ses crocs et tendait ses ongles, féline. Vélis sortit un couteau de son manteau.

Le moindre mouvement pouvait déclencher l'attaque.

De Roquemaure, lui, paraissait plus serein, pourtant seul contre trois. Il n'enlevait pas ce sourire de ses lèvres. Léo voulait lui arracher le visage pour ne plus jamais le voir. De Roquemaure semblait attendre ce face à face depuis longtemps.

Le temps était suspendu. Mais il n'y avait pas de temps à perdre. La revanche contre Vladimir ne pouvait attendre.

- Léo…Tu dois y aller, murmura Izabel les dents serrées.

- Vas-y Léo Dalcan! Rajouta Vélis comme un ordre.

Izabel se serra contre Vélis et d'un regard vers Léo lui fit comprendre ce qu'il devait faire plus que tout autre chose.

Léo ne voulait les abandonner, risquer de perdre encore une fois Izabel mais s'il arrivait trop tard ils auraient fait tout ce chemin et affronté toutes ces épreuves pour rien. C'était sa destinée. Il se sentait poussé par une force inconnue, invisible.

Vélis sauta sur De Roquemaure, couteau devant, tandis qu'Izabel planta ses ongles dans le dos de ce puissant ennemi. Elle y mit toute sa rage.

Léo en profita. Il se mit à courir droit devant sans regarder derrière lui. Ses jambes avalaient le sol sans aucune fatigue dans un élan surpuissant. Maintenant qu'il avait le seau il se sentait comme invincible. Rien ne pourrait l'arrêter, ni De Roquemaure, ni Vladimir. Il se sentait capable d'abattre son armée entière. Oublié le Léo maladroit arrivé en Terres Aztèques, le jeune vampire tremblant face au roi des vampires,il était prêt à tout. Rien ne lui faisait plus peur.

Au loin, l'ouïe affinée de Léo entendait déjà les pas des hordes de Vladimir approcher et les premiers combats. Il fallait vite arriver à la salle du conseil, leur seule chance de l'emporter était de réunir les seaux avant l'arrivée de Vladimir.


De Roquemaure qu'on aurait pu croire proche de la mort avait préparé son attaque. En un coup de pied au sol il s'éleva dans les airs, renversant violemment simultanément Izabel et Vélis. Izabel se cogna au sol en pierre dans un bruit sourd avant de tourner sur elle-même pour se remettre sur pied. Un peu sonnée, elle releva la tête vers son assaillant dans la douleur.

Ce qu'elle voyait la paralysa. De Roquemaure se tenait au dessus de Vélis, étendu au sol. Il le menaçait de son propre couteau. Il l'avait sûrement arraché dans la bagarre. Sans un mot, De Roquemaure le planta dans le cœur de Vélis. Dans sa perversité, De Roquemaure l'enfonça juste assez pour que Vélis meure, mais pas complètement. Il aurait ainsi une mort lente et douloureuse. Alors que la plupart des vampires tuaient sur le coup, par décapitation ou par le feu, De Roquemaure avait choisi la manière la plus cruelle.

Izabel était pétrifiée. Elle ne pouvait déjà rien pour Vélis. Des larmes coulaient sur son visage de lionne. De Roquemaure en un bond atterrit au fond du couloir. Il se retourna juste pour asséner ses mots terribles vers Izabel et Vélis mourrant.

- Léo Dalcan ne sera bientôt plus…

Et il s'enfuit avec un rire à gorge déployée qui résonnait dans ses couloirs lugubres.

Izabel se rapprocha doucement de Vélis puis s'agenouilla à ses cotes.

Vélis avait encore les yeux ouverts. Sa respiration était de plus en plus lente. Il ne pouvait bouger.

Izabel lui caressa le visage.

- Que dois je faire ? Vélis ?

Mais il ne pouvait répondre et ne pouvait que soutenir son regard.

Izabel pleurait en regardant le couteau enfoncé dans sa plaie.

- Vélis… calme-toi.

La respiration se faisait de plus en plus saccadée et Vélis semblait vouloir bouger.

- Je … Je vais…

Izabel se saisit du manche du poignard. Il était gravé des armoiries de Vladimir. Vélis le possédait quand il était messager pour ce roi truand. Elle disposa ses deux mains autour et tira d'un coup sec. Le poignard vint immédiatement. Elle le jeta au sol. Pendant que le poignard roulait encore sur lui même vibrant sur la pierre, Vélis gémit une dernière fois.

- Vélis, merci pour tout ce que tu as fait pour nous. Nous te serons à jamais reconnaissants. Je n'arrive pas à croire que tu vas partir…

Izabel posa sa main sur sa joue froide.

- Je suis là, à tes côtés. Sache que nous ne t'oublierons jamais… Tu t'es sacrifié pour nous… calme toi. Tu peux partir maintenant. Je vois que tu ne souffres plus.

Vélis essaya une dernière fois de rouvrir les yeux, mais ce ne fut pas possible. Ses traits se détendirent et sa bouche s'entrouvrit. C'était fini.

Izabel pleura sur son corps sans vie. Puis, du revers de la main elle essuya ses larmes avant de se relever plus déterminée que jamais. Vélis serait vengé et tous ceux qui étaient tombés pour leur combat.

Izabel se mit à courir. Léo avait peut-être besoin d'elle et Vélis ne se serait pas sacrifié pour rien. Il vaincraient Vladimir. C'était inévitable quitte à périr tous les deux aussi. Leur cause était noble et légitime. Ils devaient la mener jusqu'au bout.

Sans Léo, Izabel avait un peu peur de se perdre dans ces souterrains parisiens. Tout se ressemblait ou presque.

Izabel stoppa. Où aller. Deux couloirs opposés se présentaient à elle. Lequel prendre pour rejoindre la salle du conseil. Izabel avait que trop peu arpenté ce dédale et jamais seule.

Que faire ? Izabel devait suivre son instinct comme elle le faisait dans sa jungle. Izabel respira un grand coup, son corps trembla. Il fallait qu'elle se concentre. Si elle partait dans la mauvaise direction peut-être que tout était perdu. Elle ne retrouverait jamais Léo à temps.

L'amazone s'approcha d'une pierre qui reliait les deux couloirs. Elle y déposa sa paume et effleura doucement en fermant les yeux. Elle captait les moindres irrégularités de la roche comme une empreinte d'animal sauvage. Elle se concentrait sur cette image graphique et sensorielle. C'est alors qu'elle se souvint. Elle l'avait cartographié en elle. Avec Léo ils étaient passés plusieurs fois ici. Le couloir de gauche menait à la sortie, celui de droite était celui qu'elle devait suivre pour aller vers la salle du conseil et Léo.

Izabel rouvrit les yeux et tapota sur la pierre avant de s'engouffrer dans le sombre couloir.

## 15. Tête qui roule...

Léo reconnut la porte. Il était bien arrivé à la salle du conseil. Il entra sans attendre. Il laissait avec regret Vélis et Izabel derrière lui mais il n'avait plus d'autre choix.

Alban et Mménis se tenaient face à face, debout. Ils semblaient soulagés de revoir enfin Léo. Gérôme était là aussi, toujours avec son petit sourire en coin.

- Vladimir arrive... il faut faire vite.

- Nous t'attendions Léo Dalcan, nous allons pouvoir commencer, affirma Alban avec gravité et solennité.

Dans sa précipitation, Léo n'avait pas fait attention. Il s'approcha d'Alban et Mnémis, sa main serrant le sceau au fond de sa poche. Derrière Mnémis, il reconnut le clan de ce dernier. Fatzel était là, Mnémosté... Léo était heureux de les voir malgré les circonstances et les salua...

- Mnémosté, mon ami...tu m'avais été si précieux en Amazonie, Fatzel, toujours aussi solide comme le roc...

Un à un, Léo leur fit un signe de la tête. Ces retrouvailles lui rappelaient tellement de souvenirs, bons et mauvais. Tout se bousculait dans sa tête. Ils avaient tous fait le voyage. C'était incroyable. Tous étaient venus pour en découdre avec Vladimir. La solidarité était en marche. L'absence d'Izabel était d'autant plus dure en ce moment.

- Léo ?

Alban arracha Léo de ses pensées. Même s'ils ne les connaissaient pas, Léo comprit qu'il y avait aussi le clan d'Alban dans la pièce. Encore des vampires aux multiples talents. Des mâles et des femelles de toutes les tailles et corpulences. Sylla resplendissait aux côtés de son amour et salua Léo avec une certaine tendresse presque maternelle dans le regard.

81

- Oui.

Léo ne savait ce qu'il devait faire exactement. Il restait planté là comme un étranger.

- Nous allons devoir commencer, dit Mnémis.

- Oui mais comment ? demanda Léo.

- Tu as le sceau.

- Oui. Il est là, répondit Léo en sortant le sceau de sa poche.

- Enfile-le sur ton doigt. Il te revient. Puis nous devrons nous mettre en cercle.

- D'accord… Voilà…

Léo se décala pour se mettre dans l'axe d'Alban et Mnémis. Aucun vampire n'osait faire de bruit. Un silence pesant les entourait. Mnémis et Alban ressemblaient à deux statues de pierres. La tension extrême était palpable.

Dans un même temps, Léo sentait la force de tous ces vampires réunis pour une noble et même cause. Le peuple réclamait des comptes et une vie plus saine sans un roi usurpé.

Ils étaient maintenant en place. Allaient-ils réussir ? Tant de vampires comptaient sur eux et s'étaient engagés. Car, s'ils échouaient, ce serait la mort assurée de tous les dissidents. Vladimir ne laisserait jamais un traître vivre. Il l'avait déjà prouvé par le passé.

*

Sur un des ponts enjambant la Seine, le dernier qui le séparait des sous terrains, Vladimir s'avançait avec ses troupes. Il était fier et n'avait aucun doute sur sa victoire. Il en finirait vite avec ses quelques révoltés et leur extermination servirait d'exemple pour que jamais plus son rien ne soit remis en question. Il avait les meilleurs vampires, les plus forts à ses côtés et surtout des informations fiables ; notamment de son indicateur, De Roquemaure.

*

A ce même instant, Mnémis brisa le silence dans la salle du conseil.

- Nous ne voulons plus de roi. Nous serons seuls maîtres de notre vie. Nous voulons tous quitter le joug de Vladimir. Grâce Léo Dalcan, nous allons réduire à néant Vladimir.

Vladimir s'était posté quelques minutes sur le pont à observer la ville endormie. La nuit semblait calme et paisible. Rien ne pouvait laisser présager une guerre. Les humains dormaient tranquillement dans leurs foyers sans se douter que des êtres extraordinaires allaient bientôt se battre à mort. Vladimir et son armée avaient fait tant de kilomètres pour arriver ici. Le roi appuya ses mains sur le parapet.

Un instant, il eut un rictus. Un de ses meilleurs messagers venait de périr.

Cette guerre avait déjà coûté en sacrifices. Vladimir, n'avait guerre apprécié d'avoir appris par De Roquemaure que Vélis s'était retourné contre lui, après des années de services dans sa garde rapprochée. Malgré tout, Vladimir ne pouvait se sentir ravi de cette perte.

Autrefois, il avait partagé des moments avec Vélis, honoré les missions réussies du messager, qui savait toujours agir avec loyauté et intelligence. Comment ce Léo Dalcan avait-il pu le corrompre à ce point ? Vélis en était mort. Il était devenu un obstacle pour Vladimir et malheureusement en avait péri.

Vladimir ne pouvait se raccrocher au passé. Il devait stopper cette fronde immédiatement. Cela n'avait que trop duré. Tuer la poule dans l'œuf restait la meilleure des solutions sinon cette révolte pourrait se répandre comme une traînée de poudre.

Le roi se retourna vers ses troupes et dans un ton ferme leur intima:

- Allons-y. Nous sommes proches. Que nul ne puisse jamais remettre en cause votre roi.

Et tous reprirent en chœur.

- Oui roi Vladimir !

\*

Léo ne savait pas vraiment comment les sceaux agiraient. Mnémis et Alban tendirent leurs bras, leurs seaux l'un vers l'autre. Léo les imita.

Soudain les sceaux se mirent à briller. Léo sentait un grand pouvoir naître entre ses doigts. Il était troublé. Son corps tremblait. Toute cette puissance, qui augmentait de minute en minute… Léo se concentrait. Mnemis et Alban fermaient les yeux, plus habitués à convoquer cette magie légendaire.

Léo sentit brusquement quelque chose le tirer en arrière. Il essaya de se retenir, mais bascula en une fraction de seconde. Son seau s'éteignit alors qu'il était au sol.

Quelque chose le maintenait, mais il n'arrivait à relever la tête. Il entendait une certaine agitation dans les rangs.

Un corps tomba à ses côtes comme une masse dans un bruit sourd. Il était sans tête. Puis un autre.

Léo était tétanisé, mais aussi énervé de ne pouvoir se lever. En agitant sa main puis la faisant glisser sur le sol il comprit qu'une corde était nouée autour de lui. Si concentré sur le seau il n'avait même pas senti qu'on l'avait ligoté en un instant. Mais qui en était l'auteur? Léo entendait une bousculade, sûrement un combat mais il ne pouvait rien voir.

Il fallait qu'il se relève. Il mit toutes ses forces dans ses bras et gonfla son ventre. Il espérait détendre les liens. Son agresseur était apparemment occupé à autre chose. Il fallait qu'il se libère.

A force de pousser et de s'agiter, la corde se desserra petit à petit. Léo pouvait maintenant essayer de pivoter comme le ferait un reptile sur le sol.

Avec stupeur, il découvrait son ennemi de toujours, De Roquemaure. Il était pris à partie par deux vampires blonds, sûrement du clan d'Alban. De Roquemaure était leste malgré son age et leur assénait des coups puissants.

Les deux vampires furent vites au sol. De Roquemaure jeta un coup d'œil vers Léo.

- Tu vas périr Léo, ton tour viendra bientôt! Entendit Léo dans sa tête.

De Roquemaure se battait déjà avec un autre vampire. C'était Fatzel. Malgré sa belle stature, Fatzel avait du mal à faire le poids et se prenait coups après coups. Léo enrageait. Il sentit qu'il allait pouvoir se relever.

Fatzel pris un violent coup de pied qui le propulsa de l'autre côté de la, pièce. Mnémis et Albans regardaient la scène sans bouger.

A ce moment-là, Léo en profita pour se relever. La corde tomba en un amas à ses pieds.

- De Roquemaure, je suis là. Vas-y si tu oses. Essaye de me battre. Facile en m'attaquant de dos avec cette corde comme un lâche. Au fond de toi tu as peur de moi, n'est-ce pas?

Léo jouait la comédie. Il essayait de montrer son indifférence face à la force de De Roquemaure. Puis, comment ne pas penser à Izabel et Vélis qu'il avait laissé derrière lui. Ou étaient ils? De Roquemaure les avaient-ils tués… Léo se retenait. Il fallait qu'il arrête de penser et qu'il agisse.

- Crois-tu ? Léo, tu n'es qu'une miette pour moi sur mon chemin.

De Roquemaure tendit son index et fit signe à Léo de s'approcher. Le combat pouvait commencer.

Léo n'écouta plus ni son cœur et sa raison. Il se jeta sur De Roquemaure. Il n'agissait plus qu'avec sa haine et sa colère pour seuls maîtres.

De Roquemaure évita poing et genoux. Il se posa jambes fléchies, toujours aussi leste. Léo se fatiguait déjà. Il n'avait jamais vraiment appris à se battre et tentait de reproduire de qu'il avait pu voir par le passé.

- Attention Léo ! se mit à hurler Mnémosté

A cet instant quatre vampires du camp de Mnemis fondirent en même temps sur De Roquemaure. Ils avaient récupéré la corde qui avait servi pour Léo. Ils réussirent à l'attacher au autour du cou de De Roquemaure.

Ce dernier tenait sa tête avec ses mains et se mit à crier en continu. Il fermait les yeux. Les quatre vampires prenaient de la vitesse et couraient autour de lui dans une ronde macabre. La corde se resserrait de plus en plus rentrant dans la chair du vieux vampire.

Quand la tête de De Roquemaure ne tenait plus qu'à un fil de chair, il fixa Léo et retira ses mains de son cou. Il se mirent à pendre le long de son corps comme un pantin désarticulé.

- Léo vas y ! siffla Mnémosté.

Ce qu'il croyait être un soulagement lui semblait si dur. Léo savait ce qu'on attendait de lui. Mais quand avait-il tué un autre

vampire ? Ôter la vie d'un être n'était pas si facile et sans consé-
quence aussi vil soit-il ?

L'image d'Izabel vint se plaquer dans ses pensées… Et si De
Roquemaure l'avait…

Léo prit son élan, sauta et jeta son pied contre le front de De
Roquemaure. En un geste, la tête de De Roquemaure se décrocha
de son corps et roula sur le sol jusqu'aux pieds d'Alban. Ses yeux
bleus étaient restés ouverts.

Léo connaissait trop bien le don de De Roquemaure. Il savait. Il
savait que maintenant Vladimir n'aurait plus d'informations sugg é-
rées par De Roquemaure. Mais il savait aussi que De Roquemaure
et ayant pu venir jusqu'à la salle du conseil, en ayant pu peut être
communiquer une dernière fois en pensées avec Vladimir, il l'avait
sûrement renseigné sur ce que s'apprêtaient à faire Léo, Alban et
Mnémis. C'est pourquoi sûrement il avait d'abord figé Léo. C'était
pour pouvoir avoir le temps d'offrir une vue d'ensemble à Vladimir.

De Roquemaure pouvait bien mourir, il savait sûrement qu'il ne
survivrait pas en voyant le clan de Mnémis et de Alban réunis.

Ce regard vide de vie, ne verrait plus, ne transmettrait plus
jamais d'images.

## 16. Le pouvoir des sceaux

- Vite Léo Dalcan, met toi en place, hurla Mnémis. Il sait où nous sommes. Vladimir va fondre sur nous.

Léo reprit ses esprits. Les trois vampires refirent leur cercle et tendirent leurs sceaux. Les bagues brillèrent à en éblouir tous les vampires présents. Une lumière, sorte de Laser, sortit du sceau de Mnémis pour rejoindre celui d'Alban et ensuite celui de Léo. Les trois sceaux étaient maintenant reliés par la magie. Les mains de Léo, Mnémis et Alban vibraient sous la puissance qui naissait entre leurs mains.

Plus la force augmentait et plus Léo avait du mal à tenir sur ses pieds. Il glissait littéralement vers l'arrière. Son corps paraissait si fragile, frêle rempart à cette magnifique magie.

Mnémis fit un écart. Galel et Fatzel le soutinrent en lui prenant chacun un bras. Alban, entre deux âges, semblait bien supporter la pression de la magie. Il restait de marbre.

Léo essayait de se vider la tête pour ne pas flancher; oublier Izabel, Vélis, le meurtre qu'il venait de commettre, l'arrivée imminente de Vladimir et son armée…

Gérôme observait sans rien dire.

*

Vladimir stoppa net.

- Maître, qu'avez-vous ? Nous voyons l'entrée des sous terrains. Nous y sommes, dit avec empressement un de ses gardes.

Vladimir semblait paralysé sur place. Il voyait tout à travers les yeux de De roquemaure. Léo Dalcan avait réussi a former le cercle avec Alban et Mnémis… Il ne pourrait lutter contre le pouvoir des sceaux. De Roquemaure le savait. Il venait de ligoter Léo en un instant et se battait avec deux vampires.

De Roquemaure se savait perdu. Vladimir ressentait sa haine. Mais il continuait à envoyer des images à Vladimir quitte à ne plus avoir assez de forces pour achever le combat.

Mnémis et Alban ne bougeaient pas sur de leur victoire. Ce n'était plus une petite révolte comme le croyait Vladimir. Soudain, sa vision se brouilla et il perdit le contact.

Ce n'était qu'une question de temps, le pouvoir des sceaux serait plus fort que lui. Vladimir ne voulait rien laisser paraître. Ne le devait pas; il devait rester ce roi fier et digne.

- Maître ?

- Rho, sais-tu à qui tu parles ? Je suis votre roi et je fais ce que je veux. Je sais où nous sommes. Nous sommes prés du but... si près du but. Allons y. Pressons nous.

- Bien maître. Excusez-moi.

Vladimir se mit à avancer sans plus aucun doute ni hésitation. Le garde se tourna vers l'armée.

- Allez, droit devant ! Nous y sommes !

*

Izabel courait à toute allure, mais ça ne suffisait pas à semer une dizaine de vampires de Vladimir à ses trousses dans les couloirs. Ils étaient maintenant nombreux à s'être infiltrés dans les souterrains. Izabel avait mis trop de temps à chercher sa route. Sa seule solution était maintenant de courir même si elle les menaient inexorablement vers la salle du conseil toute proche. Elle ne pouvait les affronter tous. C'était impossible.

Elle entendait leurs pas derrière elle, certains avaient des bottes en cuir qui claquaient sur le sol en pierre. Izabel devait foncer, surtout ne pas se retourner, ne pas perdre de temps. Chaque mètre parcouru était une petite victoire.

*

Un éclair bleu fendit tout d'un coup le plafond de la salle du conseil. Une sorte de flamme léchait le dôme au dessus de leurs têtes. Certaines femelles s'étaient réfugiées dans les bras de leurs compagnons. Le feu leur faisait peur, signe de la mort pour certains vampires.

La flamme grossissait à vue d'oeil. Mnémis et Alabn restaient fidèles à eux-mêmes, concentrés. Léo ne pouvait s'empêcher de fixer cette masse électrique qui s'amplifier de telle manière qu'il craignit qu'elle n'envahisse bientôt toute la pièce.

Le but était de vaincre Vladimir et pas de déclenche rune sorte de bombe. En tant que scientifique, cette énergie lui faisait penser à la bombe atomique, comme une multitude de petites explosions qui engendraient au fur et à mesure une grosse boule de feu.

La lueur devint de plus en plus forte, Léo était aveuglé comme tous dans la pièce. Un énorme bruit rugit et l'énergie fut comme envolée. Léo se protégea les bras en avant. Il n'y avait plus rien au bout des sceaux. Et le silence venait de tomber parmi les vampires...

*

Vladimir arrivait devant la porte des souterrains. Soudain, un éclair fendit le ciel, un éclair bleu électrique. Il éblouit tous les vampires encore dehors aux côtés de Vladimir. Ils se protégèrent comme ils pouvaient craignant d'être touchés. On pouvait voir comme en plein jour en un instant.

L'éclair laissa une odeur de grillé comme s'il était tombé la foudre sur un arbre ou un édifice. Les narines aiguisées des vampires furent instantanément dérangées par une telle odeur nauséabonde.

Quand le garde de Vladimir releva la tête vers son maître. Il fut stupéfait. Vladimir n'était plus là. Il avait disparu. Le garde chercha partout autour de lui, puis, suivant l'odeur, il se pencha où était auparavant son chef.

Il retint un cri d'horreur, la main devant sa bouche.

Le roi Vladimir n'était plus qu'un amas de cendres pestilentiel. C'en était fini de la royauté, des ordres, de la guerre et de la révolte.

Ahuri, le garde mit quelques minutes à trouver les mots pour l'armée et les vampires déjà sur place. Ce garde avait le pouvoir lui aussi d'atteindre les pensées, mais seulement de ceux qui avaient été mis en contact auparavant paume contre paume. Il l'avait fait auprès de chaque membre de l'armée de Vladimir pendant leur préparation.

Il ne faisait aucun doute que Léo Dalcan et les dissidents avaient gagné. Mieux valait ne plus se battre au risque de finir carbonisé comme Vladimir. Puis il n'y avait plus de roi, donc plus d'ordres à recevoir et plus de mission.

- Oyez armée de Vladimir, murmura le garde. Stoppez cette intrusion et tout combat. Le roi n'est plus. Vous êtes donc libres.

Derrière lui les vampires rebroussaient déjà chemin. Certains voulaient rester pour goûter à la vie parisienne. Mais ils s'éparpillèrent vite avant l'aube et se fondirent incognito sur la ville, bien avant que les humains ne se réveillent.

*

Izabel arrivait devant la porte du conseil. Sa joie était telle qu'elle en oublia les assaillants. Au moment où elle allait ouvrir la porte, une lueur bleue explosa sous la porte et l'éblouit.

- Stop ! Nous partons cria tout d'un coup un des sbires de Vladimir.

Izabel ne comprenait pas. Leurs capes virevoltèrent et ils firent volte-face en direction de la sortie. Sans aucun autre mot, aucune explication.

Izabel se tint le front, un grand sourire sur les lèvres, puis ouvrit la porte.

Léo se trouvait en cercle avec Alban et Mnémis entourés eux-mêmes par des dizaines de vampires. Elle reconnaissait Sylla, Gérome...

- Léo un miracle vient d'arriver. Je ne comprends pas... hurla Izabel en se jetant dans ses bras.

Léo la serra fort contre lui. Lui-même n'avait pas encore tout compris. Il se souvenait juste de la grande lumière, de l'énergie qui s'en dégageait, du pouvoir des sceaux.

- Merci Léo et Alban, murmura Mnémis, qui vint taper sur l'épaule d'Alban.

- Mais alors…, déclara surpris Léo.

Sur sa main un autre sceau avait pris place et s'était soudé à l'autre. Il n'avait rien senti, même pas le sceau qui s'enfilait sur son doigt.

- Tu sais ce que ça veut dire Léo... Nous avons gagné.

Léo caressa les deux sceaux de son autre main. Tous les yeux étaient tournés vers lui.

- Vladimir...c'est le sceau de Vladimir. Mais alors, où est Vladimir?

- Je pense que nous l'avons détruit...par le pouvoir des sceaux, répondit Alban, d'une voix sure et enjouée. Tu as accompli ta destinée Léo.

- Nous avons réussit Léo... dit Izabel en le regardant dans les yeux.

Il y voyait les étoiles de la victoire. Izabel lui souriait saine et sauve et tout était enfin fini.

- Mnémis, nous sommes d'accord, les vampires sont maintenant libres. Les clans persisteront, mais il n'y aura plus de roi sanguinaire et violent. Vladimir avait usurpé cette fonction. Léo, il est normal que les sceaux te reviennent , tu l'as hérité de Dracus et celui de Vladimir, tu l'as gagné avec courage. C'était ta destinée. Et tu as accompli ton oeuvre. Tu peux être fier de toi, dit solennellement Gérôme.

## 17. Une vie à reconstruire

Izabel, assise sur un quai en bord de Seine observait les reflets dans l'eau noire. Les lumières de la nuit semblaient scintiller avec les mouvements lents de l'onde.

Tout était fini. La jeune vampire n'arrivait à le croire. Vladimir n'était plus qu'un tas de cendre qu'on avait quand même pris soin d'enterrer dans un lieu secret pour éviter tout recueillement possible de ses derniers acolytes. Finalement, ils paraissaient peu nombreux à regretter ce roi fou. Personne ne s'était manifesté pour protester contre l'ultime combat qui avait mené à sa perte. Au contraire, de çà de là, les vampires recommençaient à s'exprimer, à plus se déplacer, se mélanger. Même si les clans existeraient toujours on sentait un nouvel élan, comme si les vampires se révélaient à eux-mêmes, jamais plus sous le joug d'un fanatique.

Ce n'était pas parce que Vladimir était mort que l'ordre ne régnait plus, au contraire. Chaque vampire, comme une traînée de poudre semait chez les autres des règles de vie plus dignes et droites. Il n'y avait plus de messagers ou de hauts placés faisant usage de leur position pour des atrocités. Les clans revivaient comme des familles sans aucune épée de Damoclès au dessus d'eux. Ils étaient libres, unis. Cette solidarité avait permis de l'emporter.

Izabel posa sa paume à plat sur le fil de l'eau, sans la toucher, mais elle pouvait sentir la force de cet élément. Elle se mit à penser à ses cascades, ses parties de chasses dans la jungle, ses courses effrénées au travers des arbres millénaires. Bien qu'elle n'en soit pas obligée, elle aimait tant respirer de grand bol de cet air pur. Son Amazonie lui manquait. Ce n'était pas en fait ses terres, sa culture, mais plutôt ce sentiment de liberté qu'elle y éprouvait qui lui faisait défaut ici à Paris.

Comment le dire à Léo ? Maintenant que tout était fini, peut-être qu'il souhaiterait rester à Paris.

Izabel avait pourtant tant besoin de lui. Elle l'aimait sans nul doute et lui aussi. Les épreuves les avaient rendus si forts, si liés.

Izabel ne pouvait vivre sans lui. Mais ici, elle perdait une partie d'elle. Alors que son peuple venait d'être libéré, qu'elle aurait dû se réjouir et éclater de joie, elle se retrouvait ici, alanguie, nostalgique.

Le temps lui paraissait si long. Gérôme avait convié Léo à un petit tête à tête dans la salle du conseil. Izabel, bien qu'invitée, avait refusé d'y participer, préférant se promener dans Paris pour se détendre un peu mais aussi pour réfléchir, poser ses doutes. Leur entretien durait top longtemps. Que pouvaient-ils se dire ?

Le clan de Mnémis était déjà parti, celui d'Alban aussi. Ils avaient convenu ensemble des modalités de vie des vampires après la dissolution du royaume de Vladimir. Les clans devaient vivre ensemble et se respecter. Personne n'imposerait des missions idiotes ou des supplices injustifiés. Sur le rôle de Léo, ils n'avaient rien évoqué devant elle. Izabel n'avait qu'une peur, que Léo ne doive rester à Paris auprès de Gérôme et qu'ils doivent vivre pour l'éternité comme des rats dans ses caves. Izabel ne savait si elle pourrait le supporter...

- Alors comment va ma lionne ?

Izabel sursauta. Immergée dans ses pensées elle n'avait même pas entendu arriver Léo alors qu'elle avait pourtant une ouïe fine et exercée. Elle se tourna vers son compagnon et se leva d'un bond.

Léo paraissait si sûr de lui à présent. Il avait tellement changé, mûri. Il ne s'opposait plus à sa condition mais s'affirmait. Izabel était fière d'être avec lui. Il avait sauvé leur monde et rétabli la paix. Quoi de plus extraordinaire, de plus héroïque que cela !

Izabel entoura Léo de ses bras à la peau dorée le cou de Léo. Il enlaça ses hanches fines. Leurs yeux étaient plongés l'un dans l'autre comme dans un miroir. Léo l'embrassa le premier et Izabel lui rendit eu centuple dans un élan tendre.

- C'est fini, murmura Léo.

- Oui bien fini... j'ai du mal à le croire encore. Je l'attends toujours à ce qu'un messager arrive et t'emmener vers une autre mission, au risque de nous séparer pour toujours...

Léo dégagea le visage d'Izabel d'une petite mèche de cheveux.

- Il ne faut plus avoir peur. Nous sommes libres. Libres de vivre, de nous aimer pour l'éternité. Je ne serais jamais plus loin de toi et nous ne risquerons plus notre vie. Nous avons mérité notre repos, notre paix et notre bonheur.

- Tu l'as mérité Léo !

- Izabel...

- Oui Léo, tu as été le pilier sur lequel tout a pu arriver. C'était ton destin et tu l'as accompli. Je n'étais qu'un petit pion, qu'une petite pièce dans ce puzzle. J'ai fait de mon mieux pour t'aider.

- Et tu en as déjà trop fait Izabel, je m'en serais toujours voulu s'il t'était arrivé quelque chose.

Ils s'assirent sans bruit, toujours enlacés. Izabel posa sa tête contre l'épaule de Léo. Ce geste tendre, pourtant si simple, si courant, paraissait encore une victoire pour Léo. Il sentait Izabel tout entière à lui. Il avait dompté la bête rebelle en elle.

- Nous avons aussi perdu des amis. J'en suis triste.

Léo caressa son cou.

- C'est pour cela que je te trouve ici si peinée. Il m'a semblé que tu n'étais pas si heureuse de notre nouvelle vie qui s'offrait à nous.

- Non ce n'est pas ça... J'ai peur.

- Izabel la tigresse a peur !

Léo se mit à rire, avec un regard des plus tendre.

- Arrête Léo...

- Trêve de plaisanterie , je te l'accorde. J'ai une nouvelle pour toi.

Izabel frissonna. Et si Léo lui proposait de rester ici à tout jamais... Serait-ce surmontable ?

- J'ai bien parlé avec Gérôme.

Et si Gérôme exigeait comme Vladimir autrefois que Léo reste à ses côtés pour exploiter ses forces ?

- Je t'offre une nouvelle vie... Une vie où nous serons heureux à jamais. Ensembles. Une vie sans peur, sans missions, sans royaume, mais pas sans surprises bien sûr.

95

Izabel se sentait mal. Elle croyait comprendre le pire qui lui apparaissait à lui le meilleur...

- Oui... je le veux... répondit sans entrain Izabel.

Léo agacé par cette réaction prit la main d'Izabel.

- Qu'est-ce qui se passe Izabel ? Je vois que ça ne va pas. Je ne comprends pas ce qui te tourmente. Nous avons tout ce que nous avons toujours souhaité. Dis moi. N'aie pas peur. Enfin.

- Je... Léo, je ne peux pas vivre en cage... Je suis désolée. Mais ce n'est pas contre toi, contre nous, mais je ne me sens pas à l'aise ici... je t'aime mais...

Léo embrassa fougueusement Izabel par surprise. Ce n'était pas vraiment la réaction qu'elle attendait.

- Mais... mais, bégaya Izabel, tu n'es pas contrarié ?

- Bien sûr que non. Je savais que tu ne t'étais pas bien acclimatée à la vie d'ici. Je le sentais. Izabel nous allons construire notre propre clan, notre propre foyer, libres.

- Mais Gérôme, le sceau...

- Je garde le sceau bien sûr. Il m'était destiné. Je serais comme Mnémis ou Alban un représentant de la liberté de notre peuple. J'ai le droit néanmoins de choisir ma propre destinée maintenant. J'ai choisi de vivre avec toi loin d'ici.

- Mais où ?

- Je t'en fais la surprise, mais dis toi bien que je te rendrais heureuse Izabel et que sera ma priorité. N'aie pas peur. Fais-moi confiance.

Izabel s'enfouit contre le torse de Léo, les larmes aux yeux.

- Oui, Léo... Je te suis. Je t'aime et je crois en l'avenir.

\*

Quelques semaines plus tard, au sommet d'un chaos en granit, Izabel guettait quelques animaux sauvages pour son repas. L'animal repéré, elle bondit à terre et se mit à fendre l'air à une vitesse inhumaine. Elle fondit sur sa proie, et en un instant, fut rassasiée. Elle irradiait de bonheur.

Son repas vite avalé, Izabel reprit sa course. Elle sauta de galet en galet au dessus du ruisseau pour filer à toute allure vers la forêt de sapins et de pins. L'odeur de la sève titillait ses narines et lui injectait des doses de plaisir incommensurables. Elle revivait.

Soudain, elle arriva prés d'une jolie maison en bois, tout en rondins. La porte s'ouvrit.

- Alors ma lionne ! Tu as fait ta promenade matinale.

Izabel sauta dans les bras de Léo imitant le ronronnement d'un chat.

- Oui et je suis toute à toi maintenant...

Léo lança un regard vers cette nature encore assez sauvage pour plaire à Izabel, ce petit coin de paradis en Lozère, sur les lieux de sa propre enfance. Il ne pouvait trouver un lieu plus propice pour leur nid douillet.

Ils s'embrassèrent sur le pas de la porte, Izabel dans les bras de Léo, comme deux jeunes mariés qui découvrent pour la première fois leur nouveau toit commun. Puis, Léo referma sur eux la porte de leur bonheur. Une nouvelle vie s'offrait à eux pour une éternité.

Fin

# SOMMAIRE

www.ingramcontent.com/pod-product-compliance
Lightning Source LLC
Chambersburg PA
CBHW031114260626
47172CB00001B/370